JAN COSTIN WAGNER

Sakari lernt, durch Wände zu gehen

GOLDMANN
Lesen erleben

Buch

Auf dem Marktplatz der finnischen Stadt Turku steigt ein junger Mann in einen Springbrunnen. Er ist nackt, offenbar verwirrt und hat ein Messer bei sich. Im Nachhinein kann sich niemand so recht erklären, warum die Polizei ihn erschossen hat – vor allem nicht der Schütze selbst. Um mehr über den jungen Mann mit dem Namen Sakari zu erfahren, wendet er sich hilfesuchend an seinen Kollegen Kimmo Joentaa. Kimmo, der selbst eine Tochter hat und sie alleine aufzieht, sucht die Eltern des Toten auf – und stößt auf Spuren einer Katastrophe, die nicht nur das Leben des Jungen aus dem Brunnen, sondern das zweier Familien tragisch verändert hat.

Autor

Weitere Informationen zu Jan Costin Wagner
sowie zu lieferbaren Büchern des Autors
finden Sie am Ende des Buches.

Jan Costin Wagner

Sakari lernt durch Wände zu gehen

Ein Kimmo-Joentaa-Roman

GOLDMANN

Sollte diese Publikation Links auf Webseiten Dritter enthalten, so übernehmen wir für deren Inhalte keine Haftung, da wir uns diese nicht zu eigen machen, sondern lediglich auf deren Stand zum Zeitpunkt der Erstveröffentlichung verweisen.

MIX
Papier aus verantwortungsvollen Quellen
FSC® C014496

Verlagsgruppe Random House FSC® N001967

1. Auflage
Taschenbuchausgabe April 2019
Wilhelm Goldmann Verlag, München,
in der Verlagsgruppe Random House GmbH,
Neumarkter Str. 28, 81673 München

Umschlaggestaltung: UNO Werbeagentur, München
Unter der Verwendung der Umschlaggestaltung von
Manja Hellpap und Lisa Neuhalfen, Berlin
Umschlagmotiv: © Robert Canis/robertharding, Josef Deisboeck
mb · Herstellung: kw
Satz: Buch-Werkstatt GmbH, Bad Aibling
Druck und Bindung: GGP Media GmbH, Pößneck
Printed in Germany
ISBN: 978-3-442-47408-6
www.goldmann-verlag.de

Für Niina und Venla

Die Fee des frühen Morgens

In dem Sommer, in dem Marisa den Mond vermessen möchte, betritt Kimmo Joentaa den Raum, in dem das Meer zu Hause ist. Sanna schwimmt im Sonnensee. Petri läuft zwischen Bäumen, auf der Flucht vor sich selbst. David löscht die Sonne aus. Magnus und Stefan spielen Leben, Aune und Valtteri stehen Hand in Hand, Leena tanzt mit dem Tod. Sakari lernt, durch Wände zu gehen.

Sakari

Es ist ganz einfach. Sakari muss nur die Türen öffnen, die immer schon da gewesen sind. Nicht die Türen sind das Problem gewesen, sondern er selbst, er hat endlich den Blick gefunden, die richtige Perspektive, es sind Türen, die Kontur gewinnen, die sich aus dem Mauerwerk herauskristallisieren, im Licht, das die Sonne sendet.

Der Morgen ist kühl, frisch und klar, ein Morgen, der wispernd vom beginnenden Tag erzählt, und während Sakari von Tür zu Tür geht, von Welt zu Welt, im Dialog mit der Fee des frühen Morgens, beginnt die Nacht zu verblassen, und mit ihr das Dunkle, das ihn umschlossen hat. Die Angst ist Erinnerung, die Erinnerung Fantasie, die Fantasie ein stillstehender Gedanke, über den er lachen kann.

Er lacht, lauthals, über die Angst, die nur noch ein Gedanke ist, darüber, dass sich die Angst nicht mehr bewegen kann, er lacht die Angst aus, und er lacht über die Autos, die aufblenden, weil Fahrer hinter den Lenkrädern, verblendet, das Licht der Sonne noch zu übertrumpfen versuchen. Heller als die Sonne wollen sie sein. Und einer bremst ab und lässt die Scheibe herunter und ruft: »Weg von der Straße, Idiot!«

Darüber lacht Sakari, über Worte, die folgenlos verhallen, ein taubes Gebrüll, das von ihm abprallt, plump zu Boden fällt, liegen bleibt.

»Gute Reise!«, ruft Sakari und winkt dem Fahrer und seinem Wagen nach. Er läuft, auf breiten Straßen, von Zeit zu Zeit biegt er ab, mit den Wänden verschmelzend, und jedes Mal, wenn er zurück auf die Wege tritt, die vor ihm liegen, ist das Licht der Sonne ein wenig heller geworden.

Aber mit dem Licht kommen die Menschen, und mit den Menschen kehrt die Angst zurück, die Enge, er spürt die Präsenz der falschen Soldaten, er spürt die Druckwellen der bevorstehenden Detonationen, und er begreift nicht, warum ihn sein Weg ins Innere der Stadt führt.

Er muss raus, möchte in der freien Fläche stehen und sich um die eigene Achse drehen, aber die Fee des frühen Morgens sagt: »Frag nicht, denk nicht. Lauf!«

Also läuft er den Menschen entgegen und beginnt, das Lächeln auf seinem Gesicht zu spüren, er beginnt zu begreifen und das Wort zu flüstern.

Engel.

Auf dem Marktplatz kauft er ein Eis, ein freundliches Mädchen drückt ihm die Tüte in die Hand, sie trägt die Uniform der Eisverkäuferinnen, die Uniform der guten Soldatinnen, er bedankt sich und nimmt für eine kurze Weile ihre Hand in seine, flüstert ihr zu, was die Fee des frühen Morgens sagt, und das Mädchen sieht ihn an, groß und undurchdringlich sind die Augen. Er lächelt, das Eis kühlt seine Zunge, während es schmilzt.

Über den vielen kleinen Wasserfällen, vor dem *Stockmann*-Einkaufszentrum, tanzen alle Farben. Er setzt sich an den Rand der Fläche und betrachtet für eine Weile die Vorübereilenden, bevor er beginnt, seine Kleider abzustreifen.

Das Böse wird schweigen, die Welt in Ordnung sein. Er möchte der Fee noch eine Frage stellen, aber sie ist schon gegangen. Sie wird erst zurückkehren, sobald wieder ein Morgen dämmert.

Sakari stapelt die Kleider ordentlich übereinander, stellt die Schuhe ab, die Schuhe im rechten Winkel zu den Kleidern.

Er nimmt das Messer aus seiner Umhängetasche, läuft langsam, mit wachsender Ruhe und Zuversicht, dem Wasser entgegen und steigt über die flache Schwelle in die von Regenbögen umschlossenen Fontänen.

Petri

Petri Grönholm sitzt in seinem Büro im dritten Stock des Polizeigebäudes, als der Anruf kommt. Der Anruf gilt nicht ihm, und er hört nur die eine Hälfte des Dialogs. Die

Stimme der jungen Polizistin, die die Notrufzentrale betreut, dringt vom anderen Ende des neu eingerichteten Großraumbüros herüber, leise, aber deutlich.

»Am Marktplatz«, sagt sie. »Ja. O.k. Ja, ich verstehe Sie. Nackt. Mit Messer.«

Petri Grönholm hat sofort ein Bild vor Augen. Ein Bild der kleinen Wasserfälle, die er jeden Morgen sieht, wenn er aus dem Fenster seiner Wohnung nach unten blickt. Auf den Marktplatz von Turku. Auf die Eiskiosks. Mädchen in Uniformen, auf denen die Logos der Eishersteller prangen, befüllen die Tüten, die die Kinder entgegennehmen, um dann zu den Fontänen zu rennen, sie strecken die Arme aus, ihr Eis vergessend, und manchmal fällt eine der Tüten ins Wasser.

Die junge Polizistin sieht ihn fragend an.

»Was ist da am Marktplatz los?«, fragt er.

»Hm? Ach so … ein Mann, nackt, im Wasser.«

Grönholm nickt.

»Er trägt wohl ein Messer bei sich.«

Messer, denkt Grönholm.

»Ich wohne da nämlich«, sagt er.

»Zwei Wagen sind unterwegs, um sich die Sache anzusehen«, sagt sie. »Willst du …«

»Ja, ich fahre hin«, sagt Grönholm.

»O.k., das gebe ich durch.«

Er hebt die Hand zum Abschied und läuft. Als er in die flimmernde Hitze des Sommers hinaustritt, denkt er vage, dass dieser Tag wie geschaffen ist für ein Bad in kühlem Wasser. Er steigt in den schwarzen brütend heißen Dienstwagen, startet den Motor und fährt die Strecke, die er am Morgen schon einmal gefahren ist, nur die Richtung ist eine andere.

Er fährt zurück, viel früher als sonst. Zum Marktplatz von Turku.

Nach Hause.

Sakari

Sakari sitzt zwischen den Regenbögen. Die Klinge des Messers kühlt seine Haut, die Stimme hinter der Stirn schweigt. Er ist allein, die Menschen sind zurückgewichen. Flimmernde Schatten hinter der Wasserwand, die ihn umgibt.

Die Angst ist ein Gedanke, Zentimeter entfernt, so wie das Wasser, das ihn umschlossen hat, ohne ihn zu berühren. Nur ab und zu die Ahnung eines kühlen Tropfens auf der Haut.

Er streicht mit dem Messer an seinen Armen entlang, an seinem Hals. Über ihm klebt die Sonne auf einem harten Himmel. Hinter der Wand steht ein Junge. Er hält ein Eis in der Hand und sieht ihn an, mit weit geöffneten Augen, als wolle er etwas sagen. Eine Frage stellen.

»Keine Angst«, sagt Sakari.

Obwohl der Junge gar nicht ängstlich aussieht, eher neugierig. Lustig sieht er aus. Der Junge sieht aus wie eine ferne Erinnerung. Er kennt ihn.

»Du hast gar keine Angst«, sagt Sakari. »Gut so.«

In einiger Entfernung kommen Autos zum Stillstand. Das ist ungewöhnlich, der Marktplatz darf von Autos nicht befahren werden. Die Linienbusse dürfen im Quadrat um den Platz herumfahren, blau die Busse, blau der Sommerhimmel, aber Autos sind verboten.

Was wollen die verbotenen Autos?, denkt Sakari.

Die Angst nähert sich, und die Klinge des Messers sticht erste schmale Wunden in die Finger seiner Hände. Beiläufig. Er spürt nichts. Aus den Autos steigen Polizisten. Sie kommen auf die Wasserwand zu, zügig, mit angelegten Armen. Ein Mann und eine Frau. Sakari mag die Uniformen, die sie tragen. Er stellt sich vor, dass sie sich sicher fühlen in diesen Uniformen. Auch er fühlt sich sicher, hinter der Wand, entblößt. Er trägt die Uniform der Engel.

»Hören Sie?«

Das hat einer der Polizisten gesagt. Der Mann.

»Hören Sie mich?«

Sakari betrachtet den Mann, hinter dem Wasser.

»Kommen Sie bitte da raus und ziehen sich an«, sagt der Polizist.

Sakari schweigt. Weil die Stimme hinter seiner Stirn plötzlich so laut geworden ist. Die Stimme hinter seiner Stirn spricht Warnungen aus, so schnell, dass er kaum folgen kann.

»Hören Sie mich? Ich fordere Sie auf herauszutreten. Legen Sie das Messer ab.«

Im Hintergrund kommen weitere Fahrzeuge zum Stillstand. Die Frau, die Polizistin, hat den Jungen mit dem Eis an die Hand genommen. Die beiden entfernen sich schnell. Sakari spürt einen Stich, im Nacken.

Die Stimme hinter seiner Stirn möchte, dass der Junge bleibt. Ich kenne dich, Junge, denkt er, der Satz beginnt, Kreise zu ziehen, ich kenne dich, du bist gesegnet, musst bleiben, kennst keine Angst.

Petri

Als Petri Grönholm ankommt, sieht er einen Polizisten vor dem Brunnen stehen, eine Polizistin führt einen Jungen an die Seite, und während er aussteigt, fährt ein weiterer Streifenwagen vor, der ruckartig zum Stillstand kommt, drei Uniformierte steigen aus, einer von ihnen ist Markku Persson, den er kennt.

»Hei, Petri«, sagt Persson, schwungvoll auf ihn zukommend. »Wir wurden angefordert. Was ist das hier genau?«

Grönholm zögert, ein Flimmern hat sich vor seine Augen gelegt. Die Uniformierten, Perssons Kollegen, gehen bereits auf die Szene zu, federnd, fast schlendernd, aber wachsam, der Platz ist leer, die Marktbesucher stehen am Rand, ein schweigendes Publikum.

»Ein Nackter am Wasser. Er soll ein Messer bei sich tragen.«

»O. k.«, sagt Persson.

Er läuft neben Persson, hinter dem Flimmern, das seine Augen umspielt, sieht er den Jungen, er nippt an seinem Eis. Gedankenverloren. Worüber denkst du nach, Junge?, denkt Grönholm vage.

»Scheiße, was ist das denn für einer?«, sagt Persson, und Grönholm folgt seinem Blick und erahnt den Mann hinter den kleinen funkelnden Wasserfällen, der Mann sitzt, von Regenbögen umschlossen, zwischen den Wasserspielen und fährt, ruhig, geduldig, mit einem Messer an seinen Armen entlang.

Im Hintergrund, hinter dem Wasser, hinter den flackernden Rändern, die sein Sichtfeld einengen, sieht Petri Grönholm das Fenster seiner Wohnung. Darüber ein heller Himmel. Bald zu Hause, denkt er, während er fahrig, mit einer zitternden Hand, nach seiner Dienstwaffe tastet.

Sakari

Hinter der Wand baut sich eine Wand auf. Eine Wand aus Menschen hinter der Wand aus Wasser. Eins, zwei, drei, vier, fünf, sechs, sieben. Sechs tragen Uniform. Einer ist in Zivil, in einer schwarzen Jacke, die sich irgendwie nicht in den Tag einfügt. Ein schwarzer, praller Fleck im Sommer, der zu schnell näher kommt.

Weg, denkt er. Weg, weg. Weg von mir.

Der schwarze Fleck steht ihm gegenüber, flankiert von blauen und weißen Uniformen, die sich schleichend bewegen, auf der Hut.

Keine Angst, denkt Sakari. Kein Grund zur Sorge. Ich bin hier, kein Grund zur Sorge.

»Leg das Messer weg«, sagt der schwarze Fleck.

Warum schmilzt du nicht, schwarzer Mann?, denkt Sakari. Warum tropfst du nicht zu Boden, vermengst dich mit Wasser, verrinnst?

Hinter dem Flimmern, das seine Augen benetzt, sieht er den Balkon seiner Wohnung, das Fenster. Im Fenster spiegelt sich die Sonne. Für einen Moment glaubt er, sich selbst zu sehen, auf dem Balkon stehend, die Szenerie beobachtend, nachdenklich, abwägend, aus sicherer Distanz.

Dann spürt er sich wieder. Noch nie hat er seine Beine so fest auf ebener Erde gespürt. Seine Hand hat sich fest um den Knauf der Waffe gelegt. Seine Augen suchen die Augen des Mannes zwischen den Regenbögen. In seinem Rücken spürt er den Blick des Jungen mit dem Eis. Der Junge will zu den Fontänen rennen und lachend die Hände nach ihnen ausstrecken.

Gleich, denkt Petri Grönholm. Gleich.

Er findet die Augen des nackten Mannes und hat das Gefühl, einen Tunnel zu betreten. Die Augen des Mannes sind schwarz und sehen durch ihn hindurch in eine fremde Ferne.

Gleich, denkt er. Gleich ist alles wieder in Ordnung.

»Messer weg.«

Das Blut, das der nackte Mann, einige Meter entfernt, von seinen Armen abschält, tropft zu Boden, vermengt sich mit Wasser, verrinnt.

Sie erkennen ihn nicht, sie wissen nicht, wer er ist, wissen nicht, warum er hier ist, wissen nicht, was sie tun. Wie soll er den Blick dieser Menschen öffnen, wie soll er ihre Schuld in Mut umwandeln, wenn sie blind sind?

Engel, sagt er.

Messer, sagt der andere.

Ich … bin ein Engel.

Das sind Sie nicht. Hören Sie auf, sich Wunden zuzufügen.

Siehst du nicht, dass ich gekommen bin, um deine Schuld von meiner Haut zu waschen?, denkt Sakari.

Messer runter und raus da.

Der schwarze Mann hinter der Wasserwand kommt schnell näher.

Lass mich …

Ein Schritt, dann noch einer, dann übertritt der Mann die Schwelle, steht zwischen den Wänden, mit einem Bein in dem Raum, der nur Sakari gehört.

… lass mich einfach nur …

Der Mann richtet eine Waffe auf ihn, auf die Stelle, an der sein Herz schlägt.

… lass mich einfach nur ein Engel sein.

Er steht im Zentrum. Im Zentrum seiner Welt, nicht weit von zu Hause. Er steht so, wie er es gelernt hat. Die Waffe in seiner Hand verlängert seinen Arm, der Arm steht waagrecht in der Luft, der Finger am Abzug zittert nicht. Nur seine Hand. Und seine Beine. Die Worte, die er spricht, flirren im Raum, in der Schwebe, lösen sich voneinander, verpuffen als Buchstaben. Das Wasser prasselt leise. Hat der nackte Mann *Engel* gesagt?

»Messer weg. Jetzt.«

Der nackte Mann erhebt sich, plötzlich, in einer Bewegung, die Petri Grönholm als zugleich ruckartig wie fließend erlebt. Der Mann ist groß und schlank und steht gekrümmt, mit angezogenen Schultern, das Messer mit einer Faust fest umschließend, und er sagt etwas, das Grönholm nicht versteht. Dann ist er nur noch einen Augenblick weit entfernt, und der Augenblick steht still, ist ein Gemälde.

Das Gemälde zeigt ihn selbst. Ihn, Petri, im Zentrum einer Welt, die seine ist, nicht weit von zu Hause. Nur diesen einen Augenblick entfernt. In einer Bewegung erstarrt, die er einstudiert hat.

Dann beginnt die Zeit wieder zu laufen, und die Energie, die Kraft, die Petri Grönholm aufwendet, durchströmt mit ungeheurer Gewalt seinen Körper. Bevor sie endlich seine Fingerspitze erreicht, die den ersten Schuss auslöst.

Sakari

Die Stimme hinter Sakaris Stirn schwillt an, bricht auf, zerplatzt. In tausend Melodien.

Er ignoriert die Schüsse, steht einfach wieder auf, läuft weiter, den Mann mit der Waffe vergessend, die folgenden Schüsse vergessend, den Tag vergessend, einen anderen ansteuernd.

Dann verdichten sich die Melodien. Er kann sie übereinanderlegen. Eine auf die andere, ein Muster kristallisiert sich heraus, ein Gleichklang, während er am Boden liegt, auf kühlen, vom Wasser benetzten glatten Steinen. Ist er ausgerutscht? Der schwarze Mann steht über ihn gebeugt. Die Augen aufgerissen. Beobachtet ihn. Scheint eine Frage stellen zu wollen. Spricht er?

Sakari denkt über eine Antwort nach, obwohl er die Frage nicht hören kann. Die Fee des frühen Morgens kehrt erst zurück, wenn ein Morgen dämmert, und der Mann wendet sich ab und entfernt sich, schwankend laufend, langsam, Kopf und Waffe gesenkt.

Sakari einigt sich mit der vielstimmigen Melodie hinter seiner Stirn auf einen Moment der Stille.

Zwei Zentimeter Mond

Kimmo

Kimmo Joentaa trägt den dampfenden Kochtopf nach draußen zu dem alten Holztisch, der am Steg unter einer gleißenden Sonne steht, und er sucht die glatte blaue Fläche des Sees ab, die still, unbeweglich unter dem Himmel ruht. Er wartet.

Er hat Nudeln gekocht, Spaghetti, mit einer Tomatensoße, die Sanna ungeheuer gerne mag, sie weigert sich, streng genommen, irgendeine andere Soße auch nur anzurühren und hält ihren Papa für den besten Koch der Welt, obwohl Kimmo Joentaa, als er diese Soße erfunden hat, nur Tomatenmark mit Wasser vermengt und, einem offenbar glücklichen Impuls folgend, eine Prise Gemüsebrühe beigefügt hat.

Der See liegt still unter der Sonne. Dann tauchen die Mädchen auf, erst Marisa, dann, einige Sekunden später, Sanna.

»Ich war länger unten!«, ruft sie.

Marisa lacht.

»Noch mal!«, ruft Sanna, und Kimmo Joentaa sieht den beiden, seiner Tochter Sanna und ihrer Freundin Marisa, dabei zu, wie sie unter der Oberfläche verschwinden. Zuerst Sanna. Dann Marisa.

Dann ist alles still.

Kimmo Joentaa stellt den Topf auf dem Tisch ab, rückt die Teller und Gläser zurecht und geht ein paar Schritte auf das Haus zu. Während er läuft, muss er sich ein wenig dazu überreden, nicht stehen zu bleiben, sich nicht umzudrehen und das stille Wasser nach kaum merklichen Bewegungen abzusuchen. Sekunden zählend.

Er ist schon fast am Ende der Anhöhe angekommen, als in seinem Rücken ein helles Lachen die Stille zerreißt.

Während die Mädchen darüber streiten, wer dieses Mal länger unter Wasser gewesen ist, spürt er ein Lächeln auf seinem Gesicht und betritt beschwingt das Haus, um den Topf mit der Soße zu holen.

Petri

Petri Grönholm sitzt in seinem Wagen, unter dem blauen Himmel und der brennenden Sonne. Sein rechter Arm hängt schlaff auf dem Beifahrersitz. Seine Augen suchen den Raum hinter der Windschutzscheibe ab.

Rechts am Rand steht in einer Traube von Menschen der Junge, der ein Eis gegessen hat, als alles anfing. Als er angekommen ist, nicht wissend, was ihn erwartet. Auch die Arme des Jungen hängen schlaff herunter, wie losgelöst von seinem Körper, sein Mund ist leicht geöffnet. Neben dem Jungen sieht Grönholm zertrampelte Reste seiner Eiswaffel liegen.

Zwei uniformierte Polizistinnen versuchen, den Jungen und die anderen Umstehenden weiter zurückzudrängen. Immer weiter, denkt Grönholm, das ist gut. Weg von dort.

Der leere Raum, der die Wasserfontänen umgibt, wird zusehends größer, und im Zentrum der weiten freien Fläche liegt am Boden der nackte Mann, umgeben von drei Sanitätern, die nichts mehr werden tun können. Das ist das Einzige, was er mit Sicherheit weiß. Persson kommt auf ihn zu, mit zügigen, dennoch kontrollierten Schritten, er klopft gegen die Scheibe der Fahrertür. Grönholm öffnet.

»Deine Waffe«, sagt Persson.

Er sieht ihn fragend an.

»Gib mir deine Waffe«, sagt Persson.

Natürlich, denkt er. Er tastet nach der Waffe, die auf dem Beifahrersitz liegt, hebt sie an, spürt sie bleischwer in seiner Hand und reicht sie an Persson weiter.

»Alles klar, Petri?«, fragt Persson.

»Ja. Sicher«, sagt er.

Persson nickt und entfernt sich, er sieht ihm nach, dann gleitet sein Blick von Persson ab und bleibt auf den Kleidern und den Schuhen haften, die am Rand der Szene liegen. Ordentlich gestapelt die Kleider. Die Schuhe glänzen dunkelblau in der Sonne.

Er betrachtet abwechselnd den am Boden liegenden Mann und die Kleider am Rand und schließt die Augen. Da ist einiges, das er nicht versteht. Eine Frage steht im Raum, er greift nach ihr, bekommt sie nicht zu fassen.

Er stellt sich vor, dass der Mann aufsteht. Geduldig streift er seine Kleider über, zieht die Schuhe an. Er läuft, aufrecht, entspannt.

Nichts ist passiert.

Grönholm wird dem Jungen noch ein Eis kaufen, und der Mann wird laufen, mit glänzenden Schuhen, den leeren Raum verlassen, einem unbekannten Ziel entgegenstreben, ohne sich noch einmal umzudrehen.

Paula aus einem der Nachbarhäuser ist gekommen, um mitzuspielen, sie hat auch eine Spielidee mitgebracht, die die Mädchen sofort zu überzeugen scheint, und während Kimmo Joentaa Apfelsaft und kalte Milch nachschenkt, wirft er Seitenblicke auf die drei. Sanna, Marisa und Paula, die lächelnd auf dem Steg stehen, regungslos, mühsam ihren Bewegungsdrang bändigend, als seien sie, von einem Moment auf den anderen, erstarrt.

Er versucht zu begreifen, aber noch entzieht sich das Spiel, das die Mädchen spielen, seinem Verständnis. Es muss irgendetwas mit Polizisten und Dieben zu tun haben, denn Sanna hat gerufen, dass sie als Erste die Polizistin sein wolle, ihr Papa sei nämlich auch Polizist.

»Sagt mal ... wie wäre es mit Eiscreme?«, ruft Kimmo Joentaa, die Mädchen reagieren nicht.

»Nicht jetzt, Papa«, sagt Sanna.

»Oh, entschuldigt ...«, sagt Joentaa. Er betrachtet Sanna, die scharf nachzudenken scheint, während sie ihre Freundinnen genauestens beobachtet, Marisa und Paula, die sich eisern darauf konzentrieren, starr auf der Stelle zu stehen, wie Statuen, vor der ruhigen dunkelblauen Fläche des Sees.

»Du!«, ruft Sanna plötzlich, hell lachend. »Du bist der Dieb, Marisa. Du hast dich bewegt!«

Jetzt lachen alle, und sie lösen sich aus der Erstarrung, lockern ihre Beine, ihre Arme. »Mann, Sanna, das hat gedauert«, sagt Paula.

»Gar nicht«, sagt Sanna.

»Eiscreme!«, ruft Marisa.

»Und vorher noch mal schwimmen«, sagt Sanna und rennt schon über den Steg, springt in hohem Bogen ins Wasser, die anderen folgen ihr, Marisa versucht, höher zu springen als Sanna, Paula versucht, höher zu springen als Marisa, und im Wasser entbrennt eine Diskussion darüber, wer am höchsten gesprungen ist.

»Spring du rein, Papa!«, ruft Sanna. »Aber so hoch du kannst.«

»Gleich, erst mal Eis holen«, ruft Joentaa.

»O. k.«, ruft Sanna. »Und noch was, wir müssen mein Geodreieck finden.«

»Hm … warum denn?«, fragt Joentaa.

»Marisa hat gesagt, dass sie den Mond messen möchte. Also, später natürlich, in der Nacht.«

Petri

Irgendwann ist er allein.

Einer nach dem anderen ist aus der Szene herausgetreten. Die Sanitäter haben den Toten in den Krankenwagen gehoben und sind, eskortiert von Polizeifahrzeugen, abgefahren, und Grönholm hat sich gefragt, warum ein Toter in einem Krankenwagen liegt.

Die Umstehenden haben ausgeharrt, für eine Weile, dann sind auch sie nach und nach zögerlich zurückgetreten, weitergegangen, ursprüngliche Ziele ansteuernd, Vorhaben fortsetzend, die sie für einen begrenzten Zeitraum unterbrochen haben, und die Polizisten, seine Kollegen, haben den Raum, der den Brunnen umgibt, abgesperrt, haben geduldig das Band um den Brunnen herumgespannt, schweigend, auch mit ihm, der am Rand der Szene im Wagen sitzt, hat niemand mehr gesprochen.

Der Junge, der ein Eis gegessen hat, ist an den Eiskiosken vorbei in Richtung Innenstadt gegangen, Petri Grönholm hat seinen Blick auf ihm ruhen lassen, während der Junge immer kleiner wurde, bis er außer Sichtweite war, auf Höhe des Einkaufszentrums *Stockmann*. Der Junge ist entspannt gelaufen, aber auch auf eine kaum merkliche Weise zögerlich, fragend, anders als zuvor. Einmal hat er sich umgedreht und ist für einige Sekunden stehen geblieben, den Blick auf den Brunnen gerichtet, auf die Wasserfälle, auf die Leerstelle zwischen den Fontänen.

Dann ist Paavo Sundström gekommen, sein Vorgesetzter, der Leiter der Abteilung für *Delikte am Menschen* der Polizei in Turku. Sundström hat seinen Wagen direkt neben Grönholms geparkt, zwei identische schwarze Dienstwagen, nebeneinanderstehend, und er hat nach Worten gesucht, während er Grönholm durch das geöffnete Fenster der Beifahrertür gemustert hat.

»Petri. Wie … wie geht es dir?«, hat er schließlich gefragt, und die Worte, die Buchstaben haben wie Marionetten in der flimmernden Sommerhitze gehangen, vor dem geöffneten Beifahrerfenster. Grönholm hat einen brennenden Stich hinter der Stirn gespürt, als Sundström die Beifahrertür geöffnet und sich neben ihn gesetzt hat.

»Petri … was genau ist hier passiert?«

Grönholm hat nichts entgegnet. Sundström hat, nach langem Schweigen, den Fortlauf skizziert, merkwürdig sachlich darauf hinweisend, dass natürlich, in Fällen wie diesem, eine Bürokratie in Gang gesetzt werde, werden müsse, aber das wisse er ja. Grönholm hat genickt und hinter dem Brunnen den Balkon seiner Wohnung gesehen, eingehüllt in Sonnennebel.

Sundström hat ihm angeboten, ihn mitzunehmen, aber Grönholm hat abgelehnt, und Sundström hat gesagt, dass es vielleicht ohnehin besser sei, wenn er erst mal zur Ruhe komme, er müsse sich allerdings zeitnah, im Laufe des Nachmittags, bei Aku Streb einfinden, dem Leiter der Abteilung für innerpolizeiliche Angelegenheiten, dann werde das alles seinen guten Gang nehmen.

»Ich habe Aku zugesichert, dass du am Nachmittag dort sein wirst, er erwartet dich um vier.«

Innerpolizeilich, hat Grönholm gedacht und gespürt, dass Sundström hinter seinen sachlichen Erläuterungen Entsetzen und eine für ihn ganz untypische Verunsicherung verborgen hat. Dann ist auch Sundström gegangen, hat ihm zum Abschied auf die Schulter geklopft, und Grönholm hat gespürt, dass es von Herzen kam.

Sundström ist in seinen Dienstwagen gestiegen und losgefahren, und Petri Grönholm ist endlich allein gewesen, umgeben nur noch von Kriminaltechnikern, die auf ihre Aufgabe konzentriert gewesen sind, behutsam den Brunnen umkreisend. Irgendwann sind auch die Kriminaltechniker gegangen, haben den Arbeitstag beendet, die Hitze ist Wärme gewichen, der Abend ist langsam, aber stetig näher gerückt und irgendwann da gewesen.

Grönholm sitzt in seinem Wagen, vor der abgesperrten Fläche, die den Brunnen umgibt. In einiger Ferne sein Balkon, sein Zuhause. Die Anzahl der Nachrichten auf seinem Diensthandy ist enorm, aber niemand ist gekommen, um ihn abzuholen, weder Aku Streb, der *in-*

nerpolizeiliche Angelegenheiten regelt, noch sonst irgendjemand.

Petri Grönholm startet den Wagen und fährt für eine Weile geradeaus, die Stadt hinter sich lassend. Am Rand eines Waldes bleibt er stehen, steigt aus. Er steht für eine Weile still, abwartend.

Dann beginnt er zu laufen. Er spürt eine Kraft, die ihn überrascht. Eine unangenehme Energie, er läuft in den Wald, immer schneller ein Bein vor das andere werfend, er rennt und stellt sich vor, sich aus sich selbst herauszulösen, auf der Suche nach einer Dunkelheit, die ihn sicher umschließen wird.

Aber der Abend ist taghell, die Nacht wird einer Morgendämmerung gleichen. Der Mond wird, sobald er aufgegangen ist, der Sonne zum Verwechseln ähnlich sehen.

Kimmo

Am Abend spielen die Mädchen ein Spiel auf dem Tablet-Computer. Die drei sitzen am Steg, lassen die Füße im Wasser baumeln und sind ganz fokussiert auf das kleine flimmernde Rechteck, während über ihnen eine rote Sonne mit dem dunkelblauen Wasser des Sees zu einer Dämmerung verschmilzt, die auch den Morgen ankündigen könnte.

»Was spielt ihr denn?«, ruft Joentaa.

Er sitzt in Badehose und T-Shirt am Tisch und hört nur leise eine wiederkehrende, blecherne, dynamische Melodie, die aus dem Gerät dringt und die immer wieder von vorn beginnt, ein schwungvolles, irgendwie witziges Lied, die Mädchen wiegen sich vage im Rhythmus, während ihre Fingerspitzen routiniert und schnell über das Display streifen.

»Das ist so ein Zombie-Spiel … man muss über die U-Bahnen springen«, sagt Sanna.

»Oha … klingt irgendwie … gruselig«, sagt er.

»Ne, Papa, das sind gute Zombies. Also … liebe Zombies.«

»Ach so«, sagt Joentaa.

Gute Zombies. Gut gelaunte Untote. Die das zweifelhafte Privileg, ewig zu leben, womöglich zu schätzen wissen. In dem Moment, in dem er denkt, dass die Mädchen den Anbruch des Abends verpassen werden, ruft Sanna: »Hey, wie rot die Sonne ist!«

»Ui«, sagt Marisa.

»Oder ist das der Mond?«, fragt Sanna.

»Jetzt hat dich die U-Bahn plattgemacht, du Dödel«, sagt Paula.

»Kimmo?«

Die Stimme ist in Joentaas Rücken. Eine bekannte Stimme, die anders klingt. Er wendet sich um, noch lächelnd über die Mädchen. »Petri«, sagt er.

»Ich … hoffe, ich störe nicht«, sagt Grönholm.

»Natürlich nicht.«

Grönholm steht einige Meter entfernt, unter der Abendsonne und dem rötlich blauen Himmel, er scheint noch abzuwägen, ob er näher kommen oder stehen bleiben möchte. Joentaa folgt seinem Blick, Petri betrachtet den Tisch, auf dem Nudel- und Soßentöpfe und mit Vanilleeisresten gefüllte Schüsseln kreuz und quer stehen.

»Magst du ein Eis?«, fragt Joentaa.

»Kimmo, ich weiß ja, dass du heute noch Urlaub hast,

aber … du musst mir … etwas erklären. Dieser Mann … ich glaube, dass er … ein Kind gewesen ist.«

Joentaa sucht Grönholms Blick, der unruhig hin und her wandert.

»Welcher Mann?«, fragt Joentaa.

»Der Mann, den ich erschossen habe … er ist fast noch ein Kind. Ein Junge«, sagt Grönholm.

David

Er läuft, die Stadt hinter sich lassend, mit dem Geschmack von Melone auf seiner Zunge.

Dafür hat er sich entschieden, eine Kugel Meloneneis. Das Mädchen, das ihm die Waffel gereicht hat, hat gelächelt, und als er begonnen hat, das Eis zu essen, als er den Geschmack auf der Zunge gespürt hat, die fremde Süße, hat er sich gefragt, warum. Warum Meloneneis? Er hat noch nie Meloneneis gegessen.

Dann ist der Gedanke abgeschnitten worden. Wie von einer Schere, weil er den erstaunten Blick einer Frau aufgefangen hat und ihm gefolgt ist, zum Wasser, zu den kleinen Wasserfällen, die seit Wochen am Marktplatz durch die blaue Luft wirbeln. Und flirrend, irgendwie unwirklich, wie in einem Videoclip oder einem Spiel, hat zwischen den Wasserspiralen der nackte Mann gestanden. David hat sofort das Messer gesehen, das er in der Hand gehalten hat, und ist näher herangegangen, und während er näher kam, hat er gesehen, dass der Mann eigentlich ein Junge ist. Ein Mann, der ein Junge war, und ausgesehen hat er eigentlich wie ein Kind, mit diesen großen, fragenden Augen.

David hat die Augen des Jungen gesehen, in dem Moment, in dem der Schuss fiel. Neben ihm ist die Polizistin, die ihn vom Brunnen weggeführt hatte, zusammengezuckt. Butterweiche Knie hat diese Polizistin bekommen, David hat sogar intuitiv die Hand nach ihr ausgestreckt, um sie zu stützen, falls sie fällt. Aber nein, die Polizistin hat sich selbst aufgefangen, stand plötzlich wieder ganz aufrecht und ist zügig gelaufen, zum Brunnen.

Der Junge hat am Boden gelegen, nackt. Schutzlos. Über ihm die Wasserfälle, die nie den Boden erreichen, die sich in der heißen Luft auflösen wie Illusionen. Der Schütze, ein großer Polizist, der eine schwarze, viel zu warme Jacke getragen hat, hat seinen Arm gesenkt und einige Schritte zurück gemacht, in Davids Richtung, ein wenig taumelnd.

David hat sich gefragt, warum der schwarze Polizist taumelt. Ob das der Rückstoß des Schusses ist, der ihn taumeln lässt, oder etwas anderes.

Die Worte sind noch da, David hört sie. Der Geschmack auf seiner Zunge ist süß. Melone. Obwohl er das Eis längst gegessen hat, und ein Teil der Waffel ist auf den Boden gefallen. Und die Worte kehren immer wieder, beharrlich hallen sie nach, sobald er einen Gedanken zu Ende gedacht hat und einen neuen noch sucht.

»Keine Angst. Du hast gar keine Angst. Gut so.«

Das hat er gesagt, David hört die Worte, die auf rauschendem Wasser zu tanzen scheinen. Er hört die Worte, und er hört die Stimme des fremden, vertrauten, nackten, toten Jungen.

Petri

Seine Hände zittern, während sie über die Tastatur des Laptops gleiten, das er auf dem flachen Tisch in Kimmo Joentaas kleinem, von Abendsonnenlicht durchflutetem Wohnzimmer abgestellt hat. Durch die geöffneten gläsernen Türen sieht Petri Grönholm die Mädchen, Kimmos Tochter Sanna und ihre Freundinnen, die sich lachend jagen und in den See springen und wieder herauskommen und rennend das Wasser abschütteln wie etwas Flüchtiges, Lästiges, Schönes.

Er gibt seinen Namen ein, der sich fremd anfühlt unter seinen Fingerspitzen, petrigrönholm@mail.fi, er meldet sich an, das Passwort lautet *sommertag,* und Kimmo Joentaa sitzt neben ihm, regungslos, ihm zugewandt, vollkommen ruhig, obwohl Petri ihm gerade erst, vor wenigen Minuten, erzählt hat, dass er einen Mann erschossen hat. Einen Jungen, ein Kind.

»Hier«, sagt er. »Das ... ist das Facebook-Profil.«

Kimmo Joentaa beugt sich nach vorn. Betrachtet das Foto des lachenden Jungen. Sakari Ekman. Grönholm will etwas sagen, aber es geht nicht. Das ist ein anderer, denkt er. Im Brunnen, unter dem prasselnden Wasser, das ist ein anderer gewesen. Kimmo betrachtet das Foto und hat zu lesen begonnen, was Grönholm schon gelesen hat. Karge Informationen. Karg, aber ausreichend.

Sakari Ekman. In Klammern unter dem Namen steht: *Beruf: Engel.* Etwas weiter unten: *Keine Interessen zum Anzeigen vorhanden.* Arbeitet bei: *Transatlantik-Reisen.*

Darunter, klein gedruckt: *Alleiniger Bewohner der Wolken-WG, Apartment 34, Turuntie 121.*

Petri Grönholm hat die Adresse unmittelbar abgespeichert. Ungewöhnlich, völlig aus dem Rahmen, dass einer da eine Straße mit Hausnummer angibt. Deshalb ist er so sicher, dass sie stimmt. Im Turuntie 121 befindet sich die Wolken-WG. Was immer das ist. Er wollte hinfahren, aber er konnte nicht, ist auf halbem Weg abgebogen, aus der Stadt herausgefahren, schnell beschleunigend, er hat plötzlich gewusst, wohin er fahren muss. Zu Kimmo Joentaa, zu dem kleinen Haus am See, und jetzt, als er hier neben ihm sitzt, spürt er, dass es der richtige Gedanke gewesen ist.

»Turuntie 121«, murmelt Joentaa.

Dann gleitet sein Blick zur Seite, und Grönholm folgt ihm zu dem Bild, das die rechte Hälfte des Displays ausfüllt. Die letzte Aktualisierung der Seite liegt nur einige Tage zurück. Sakari Ekman hat das Bild eingestellt. Ein Gemälde. Blaues Wasser unter noch blauerem Himmel. Ganz fein der Unterschied zwischen den Farbebenen, eine Hälfte Meer, eine Hälfte Himmel, die Bruchstelle ist der Horizont. Auf dem Himmel kleben vereinzelte weiße Wolken. Niemand hat das Bild kommentiert, niemand hat ein anerkennendes oder wohlwollendes Häkchen gesetzt, niemand hat das Bild gemocht. Grönholm mag es.

»Kannst du da mal hinfahren?«, fragt er.

Joentaa wendet sich ihm zu, sieht ihn an, Grönholm kann aus seinem Blick weder eine Frage noch eine Antwort herauslesen. Draußen rennen die Mädchen hintereinander her, ohne sich näher zu kommen, bis sie sich erschöpft auf den Rasen fallen lassen.

»Unentschieden«, ruft eine der drei.

»Alle haben gewonnen«, ruft eine andere.

»Mache ich«, sagt Joentaa.

»Hm?«, fragt Grönholm.

»Ich fahre da mal hin«, sagt Kimmo Joentaa. »Aber vorher mache ich die Matratzen für die Mädchen fertig, Sanna hat heute Übernachtungsgäste. Und du, Petri, musst auch bald zur Ruhe kommen. Du nimmst das Bett im Schlafzimmer.«

Kimmo

Während Joentaa in Sannas Zimmer die Matratzen bereitlegt und die Decken und Kissen bezieht, hört er das klackernde Geräusch, das Petris Finger verursachen, während sie über das Display des Laptops fliegen. Er fragt sich, welche Fragen Petri abtastet. Und welche Antworten er finden wird.

Draußen ist es unmerklich ein wenig dunkler geworden, der Abend beginnt, in eine dämmrige, warme Nacht überzugehen, von den Mädchen ist nichts zu hören.

Joentaa geht zum Fenster und sieht die drei nebeneinander auf dem Steg sitzen, Sanna hält das Tablet so, dass alle etwas sehen können. Sie sind zur Ruhe gekommen und erschöpft und ganz vertieft, so vertieft wie Petri Grönholm im Wohnzimmer, aber aus anderen Gründen, andere Ziele im virtuellen Kosmos ansteuernd, anderen Impulsen ausgeliefert, andere Gewissheiten suchend.

Als in Sannas Zimmer alles bereit ist, geht er nach draußen, um den Mädchen zu sagen, dass er noch einmal in die Stadt fahren wird. »Ich bin bald zurück, und Petri, mein Kollege, übernachtet heute auch bei uns. Er ist im Haus, für den Fall, dass etwas ist.«

»Klar, Papa«, sagt Sanna, ohne den Blick von dem Spiel zu heben, das sie spielen. Gute Zombies.

»Bis bald, ihr drei«, sagt Joentaa. »Und nur für den Fall, dass euch eine plötzliche Müdigkeit überkommt, die Betten sind gemacht …«

»Ne, ne, wir wollen doch den Mond messen«, sagt Sanna. »Der ist noch nicht ganz rund, da muss es auch noch ein wenig dunkler werden. Wir bleiben sowieso wach bis zum Morgen.«

»Ach so«, sagt Joentaa lächelnd.

Er betrachtet die drei noch für eine Weile und versucht vage, aus dem grellen Spiel schlau zu werden, das auf dem Display flimmert und das ihre ganze Aufmerksamkeit absorbiert hat.

»Aaaahhhh, abgestürzt!«, ruft Marisa, und Kimmo Joentaa geht die Anhöhe hinauf zu seinem Wagen und steigt ein.

Während er fährt, versucht er, sich vorzustellen, was er vorfinden wird. Was Sakari Ekman gemeint hat, als er sein Zuhause *Wolken-WG* genannt hat. Deren einziger Bewohner er war.

Petri

Zur Ruhe kommen. Das hat Kimmo gesagt. Petri Grönholm liest die Nachricht, auf der Internetseite eines Boulevardmagazins. Umkreist sie, aus verschiedenen Perspektiven. Die richtige Nachricht ist nicht dabei, die richtige Perspektive auch nicht.

Das Boulevardmagazin hat das Foto der Facebook-Seite verwendet, ein schwarzer Balken verdeckt die Augen von Sakari Ekman. Das Lachen in den Mundwinkeln wirkt seltsam allein, ohne die Augen. Unter dem Facebook-Foto eine breite, merkwürdig verwaschene Aufnahme des Brunnens mit den kleinen Wasserfällen. Im Brunnen die Silhouette eines nackten, groß gewachsenen Mannes. Ist der Junge wirklich so groß gewesen? In einer Bewegung erstarrt. Das Messer ein schmaler, rot eingekreister Streifen an einem angewinkelten Arm. *Was trieb den nackten Messermann?*, fragt die Schlagzeile.

Der Messermann. Umgeben von Uniformen. Rechts am Bildrand ein schwarzer Fleck mit einem unkenntlichen Gesicht und einem konturlosen, breiten, wie aufgeschwemmtem Körper. Petri Grönholm sieht intuitiv an sich selbst hinab. Ist das er? Ist das sein feister Körper auf einem verschwimmenden Bild? Ist das sein ausgestreckter Arm? Die Waffe rot umrandet.

Ein Polizeisprecher erklärte auf Anfrage unserer Zeitung: »Der Beamte trat näher heran, um den Mann vor weiteren Selbstverletzungen zu bewahren.« Die genauen Todesumstände seien Gegenstand einer Ermittlung. Der Beamte gelte zunächst als Beschuldigter. Allerdings, so ein Sprecher der Staatsanwaltschaft, spreche vieles dafür, dass er sich in einer Notwehr- respektive Nothilfe-Situation befunden habe.

Hinter Glas am Steg sitzen die Mädchen unter dem Himmel, der Himmel ist orange und rosa. Die Wasserfläche des Sees sieht aus wie blauer Asphalt, auf dem man laufen kann.

Ein Play-Button lädt Petri Grönholm dazu ein, das Video

zu starten. *Passant filmt Horror-Minuten am Marktplatz von Turku. HIER klicken.*

Einen Fingerdruck entfernt.

Seine Hand liegt still. Sie zögert die Ankunft eines Moments hinaus, der längst vergangen ist.

David

Zu Hause, am Abend, ist er allein. Die Stimme des toten Jungen und das Rauschen des Wassers sind verstummt.

Er sitzt im weißen Wohnzimmer, auf dem großen Sofa vor dem flachen Tisch aus Glas, mit Blick auf das breite gelbe und blaue Bild, das an der schneeweißen Wand hängt und dessen sanfte, blasse Farben er mag. Ein Feld im Sommer, eine gelbe Wiese. Es ist ein heißer Tag auf dem Bild, so wie der Tag heute ein heißer Tag gewesen ist. Blasse Farben, die sich zu verflüchtigen scheinen, während David das Gemälde betrachtet. Verschwindende Farben, sie lösen sich auf, im Auge des Betrachters, so wie das durch die Luft wirbelnde Wasser am Marktplatz.

Sein Blick wandert zur Seite, auf den golden beleuchteten Pool im großen, grünen Garten, aber vom Grün ist nichts zu erkennen, das Grün ist verblasst, so wie die Farben auf dem Bild, es ist so dunkel, wie es im Sommer werden kann, und Mama sitzt oben in Emmas Zimmer vor dem Computer. David kann sie natürlich nicht sehen, aber er weiß, dass Mama am Computer sitzt, auf der Suche nach Bildern von Emma.

Erik sitzt am Boden, ganz vertieft in ein Spiel, das er spielt, mit seinen kleinen bunten Autos. Erik lässt die

Autos aufeinander zusteuern, schnell, sein Blick flackert wild, während er das macht, er sieht ziemlich ulkig aus, und David fällt auf, dass Erik den Autos immer im letzten Moment die Kollision erspart. Die kleinen Autos stehen wie unberührt, ein grünes und ein rotes, Erik lässt beide los. Nichts ist passiert. Er dreht sich um und lächelt David an.

»David?«, ruft Mama von oben. Ihre Stimme wirkt merkwürdig leise, flüsternd. Das kann nur Mama, flüsternd rufen. »David?«

»Ja, ich komme«, ruft David. Er spürt Eriks Blick in seinem Rücken, während er die Treppe hinaufgeht, er weiß schon, was Mama ihn fragen will, sie wird ihn fragen, ob er ihr helfen kann.

»David, kannst du mir helfen? Ich kann Emmas Bilder nicht finden.«

Emmas Bilder.

»Meinst du die Instagram-Bilder, die wir auf die Gedenkseite gestellt haben?«, fragt er.

»Ja, ja, genau«, sagt sie. Sie wirkt abwesend, ihr Blick ist fest auf den Bildschirm gerichtet, auf einen fernen Punkt mitten im Bildschirm, den nur sie sehen kann. »Ich weiß nicht mehr, wie ich da hinkomme«, sagt sie.

Der Weg zu Emma, versperrt. David kennt den Weg. Nicht zu Emma, aber zu den Bildern. Er tippt die Adresse ein, das Passwort, öffnet die Seite, betrachtet Emma. Emmas Lachen. Mama schweigt, während sie sich nach vorn beugt. Sie atmet ein und aus und beginnt, mit einer zitternden Hand die Bilder anzuklicken.

David geht wieder nach unten. Auf halbem Weg auf der Treppe hält er inne. Ein plötzlicher Schmerz durchzuckt ihn, als er Erik sieht, ein Schwall Wärme fließt durch seinen Körper. Erik hält ein kleines Motorrad in der Hand. Ein Motorrad aus Stoff, mit einem Gesicht. Ein gut gelauntes Motorrad.

Erik lächelt, und das Motorrad lächelt auch. Es fährt eine unsichtbare Straße entlang. Unbehelligt, unbesorgt. Einfach, weil Erik, sein kleiner vierjähriger Bruder, das so will.

Leena

Bilder von Emma.

Ihr Blick verliert sich in ihnen, bis er abgestoßen wird, wie ein Fremdkörper, der mit den Bildern nicht in Einklang zu bringen ist. Sie sucht Emmas Augen, Emmas Lachen, obwohl sie weiß, dass sie den Augen und dem Lachen nicht standhalten kann. Sie sieht weg und wieder hin, und Emma bleibt, wo sie ist, unendlich wenige Zentimeter entfernt.

Die Fotos erzählen Geschichten. Emmas fünfzehnter Geburtstag, wenige Monate vor dem letzten Sommer. Der Kuchen, den sie gemeinsam gebacken haben. Was haben sie gelacht. Ein Kuchen, der von flüssiger Schokolade überquillt. Den Zuckerguss hat Emma gemacht, Leenas Hinweise zu überkochendem Wasser und überdosiertem Puderzucker ignorierend. Der Kuchen hat sehr gut geschmeckt, Leena ahnt den Geschmack auf der Zunge. Schokolade immer überdosieren, denkt sie.

Auf einigen Bildern singt Emma beim Schulkonzert auf der Freilichtbühne, umgeben von kräftigem grünem Rasen, unter der strahlenden Sonne. Leena erinnert sich an das, was sie damals gedacht hat, gebannt, mit zittrigen Händen, im Publikum sitzend. Dass alle wieder die laute, strahlende Emma sehen, die im Vertrauen auf ihren Gesang jede Zurückhaltung ablegt.

Sie fragt sich, ob überhaupt irgendjemand jemals die andere Emma gekannt hat, die zurückhaltende, nachdenklich heranwachsende, zweifelnde, nein, natürlich nicht. Nicht mal Stefan hat das gesehen, nein, vor allem er nicht. Nur sie hat Emma in all ihren Farben wahrgenommen, und jetzt sieht sie sich wieder im Publikum sitzen, beim Schulkonzert, und sie spürt die Freude, die sie empfunden hat, beim Anblick ihrer hemmungslos singenden Tochter.

»Respekt«, hat Stefan gesagt, als der Beifall aufgebrandet ist, sonnengebräunt, mit dem unverwechselbar breiten Grinsen, die obligatorische Sonnenbrille hat am Kragen seines hellen Sommerhemdes gehangen.

David hat neben Stefan gesessen, still und stolz auf die große Schwester. Irgendwann, in den ersten Wochen, als das, was passiert ist, noch in Puzzleteilen in der Luft herumschwebte, nicht greifbar, nicht begreiflich, hat Leena gedacht, dass sie eigentlich für David da sein muss, dass sie sich aufraffen muss, dass alles wieder normal sein muss, und dann hat sie gespürt, dass es nicht geht, dass es nicht denkbar ist, weil sie die Kraft nicht findet.

David ist innerhalb von Tagen erwachsen geworden, und wenn er heute, mit seinen elf Jahren, neben ihr steht und erklärt, wo sie Bilder von Emma findet und wie sie die Gedenkseite aufrufen kann, fühlt sie sich wie ein Kind.

Sie hat David seit Emmas letztem Sommer nicht mehr von Herzen lachen sehen. Nicht mehr ausgelassen, nicht mehr losgelöst, nicht mehr echt. Nicht ein einziges Mal. Und seit einigen Wochen, das ist ihr aufgefallen, fragt er auch nicht mehr, wann Papa nach Hause kommt.

Kimmo

Die Wolken-WG ist ein Apartment in einem breiten weißen Haus, aus dem Musik und gedämpftes Lachen dringen, als Joentaa ankommt. *Tagesförderstätte, ambulant betreutes Wohnen,* steht auf einem kleinen Schild neben dem Eingang.

Die Eingangstür lässt sich aufschieben, und Sekunden nachdem Kimmo Joentaa das Treppenhaus betreten hat, flackert helles Neonlicht auf. Die Gänge sind breit und lang. Die Musik und das Lachen kommen aus einem der Zimmer im Erdgeschoss. An einer kahlen Wand hängt ein Lageplan, die Nummern der Apartments sind eingezeichnet. Nummer 34 muss weiter oben sein, im dritten Stock. Auf Höhe der Wolken, denkt Joentaa, während er über die Treppe nach oben läuft.

Das Lachen, die Musik entfernen sich, und als er ankommt, ist es ganz still. Das Neonlicht ist erloschen, er läuft den dunklen Flur entlang, vorbei an 30, 31, 32, 33, deren Türen verschlossen sind.

Die Tür zur 34, zur Wolken-WG, ist weit geöffnet. An der Tür klebt ein Zettel. Penible, fein gezeichnete Buchstaben formen ein Wort: *Willkommen.*

Er betritt den Raum, der in der Dunkelheit liegt und von starkem, hellem Licht geflutet wird, als Joentaa den Schalter findet. Das Erste, was er denkt, ist, dass hier das Meer zu Hause ist. Und die Wolken sind es natürlich auch.

Dunkel- und hellblau sind die Leinwände in verschiedenen Formaten und Größen, die gegen die Wände gelehnt stehen, dunkles Wasser, hellerer Himmel, weiße kleine Wolken, die verloren am Himmel hängen, und auch die vier Wände, die den Raum umschließen, öffnen den Blick auf Himmel, Meer und Wolken, die Wandtapete ist ein großes Gemälde, das die kleineren Gemälde auf den Leinwänden spiegelt oder ergänzt, vervollständigt.

Vier Wände heller blauer Himmel, dunkles blaues Meer, einsame weiße Wolken an der Zimmerdecke, das Laminat am Boden ist dunkelblau, in der Farbe des Wassers, in der Farbe der Wände, in der Farbe der Matratze, die im Zentrum des Raums liegt. Auf der Matratze liegen ein hellblaues Kissen und eine himmelblaue Decke

Am Rand des Raums stehen Kisten. Akkurat übereinandergestapelt. Joentaa tritt näher heran. Er hebt behutsam einige der Deckel an und spürt schon nach Sekunden ein Stechen in den Augen, als er die fremden Farben sieht, Gelb, Rot, helles Grün, Spielzeug, zerrissene T-Shirts, verworrene Kabel, ein altes beiges Telefon, ausgelaufene Batterien, ein rosa schimmernder MP3-Player, geleerte Bier- und Weinflaschen, großäugige bunte Stofftiere. Grell blitzender Krimskrams.

Joentaa verschließt die Kisten, stellt sie wieder so, wie sie standen, in rechten Winkeln zueinander, bis sie ein perfektes Quadrat bilden. Jetzt treiben die Kisten wieder still im Wasser, denkt er. Alles ist wieder blau. Weiß nur die Wolken.

Nein, da ist noch etwas weiß. An der rechten Seitenwand, halb verdeckt von den Kisten, die Formen kristallisieren sich erst heraus, als Joentaa näher herantritt. Es sind Buchstaben, zwischen Himmel und Wasser, sie verschmelzen mit der Bruchstelle, dem Horizont. Das Alphabet, aber anders angeordnet. Das A steht am Anfang, das Z am Ende, aber dazwischen ist alles durcheinandergeraten. Oder endlich in Ordnung gekommen. In die Buchstaben hat Sakari ganz fein Ziffern und Linien eingezeichnet. Längen und Breiten, die Länge beträgt acht, die Breite zwei.

Und Marisa möchte den Mond vermessen, denkt Joentaa. Aber erst später, wenn die Nacht ihren Scheitelpunkt erreicht. Joentaa fragt sich, ob Sanna das Lineal gefunden hat und Petri Grönholm Schlaf.

PETRI

Petri Grönholm sitzt auf dem Sofa vor flimmernden Bildern.

Ein Film, in dem er selbst eine Hauptrolle spielt. Die zweite Hauptrolle spielt der nackte Mann. Der nackte Junge. Schauplatz ist der Brunnen mit den Wasserfontänen, auf dem Marktplatz von Turku, Petris Blick streift an den Rändern des Bildes entlang, auf der Suche nach dem anderen Jungen, der ein Eis in der Hand gehalten hat.

Er hat das Bild angehalten, den Moment eingefroren, der nackte Mann steht einige Meter von dem schwarzen Fleck entfernt, der das Bild in zwei Hälften zu teilen scheint. Dieser schwarze Fleck, im Zentrum des Bildes, ist er selbst, ein schwarzer Fleck in einem hellen, grell sonnigen Moment, es ist Sommer, der nackte Mann könnte einfach einer plötzliche Lust gefolgt sein, einer Laune, schwimmen zu gehen, das kühle Wasser auf der Haut zu spüren. Die Arme des Mannes sind angewinkelt, er steht eher fragend als fordernd. Das Messer in seiner Hand ist ein Schatten, eine vage Ahnung, es zeigt Richtung Boden.

Petri Grönholm möchte den Jungen finden. Einige Male hat er geglaubt, ihn gefunden zu haben, aber er ist sich nie sicher, der Junge bleibt ein Schemen, er könnte am rechten Rand des Bildes stehen oder am linken, die Orientierung fällt schwer, es bleibt unklar, aus welchem Blickwinkel die Aufnahme entstanden ist, und die Menschen an den Bildrändern verschmelzen miteinander.

Er lässt das Bild laufen. Schritt für Schritt, mit einem leichten Fingerdruck immer wieder eine Pause einlegend. Der schwarze Mann, er selbst, steht breitbeinig, mit ausgestrecktem Arm, der nackte Mann steht fragend, abwartend, gebückt, auf der Hut. Dann machen beide einen Schritt nach vorn, erst der schwarze, dann der helle, nackte. Der helle, nackte Mann hebt den Arm, eine plötzliche Wut scheint ihn voranzutreiben.

Was willst du von mir?, scheint der helle Mann zu fragen.

Was will ich von dir?, denkt Grönholm.

Er lässt den Augenblick wieder stillstehen.

Neben dem Bild liest Grönholm, was ihm ansonsten gefallen, was ihn darüber hinaus interessieren könnte. *Related videos,* verwandte Suchergebnisse.

Er öffnet ein neues Fenster, ein neues Bild, ein neuer Film, eine golden beleuchtete Nacht, blaue und rote Lichter, Polizeisirenen, dann feuert ein beleibter, uniformierter Polizist Schüsse ab, eins, zwei, drei, vier, fünf, sechs, sieben, ein dünner, dunkelhäutiger Mann sackt zu Boden, bewegt sich nicht mehr, während die Schüsse noch in seinen Körper einschlagen.

Related videos. Petri Grönholm öffnet ein neues Fenster, einen neuen Film, *US-Cop killing seventeen-year-old in Oklahoma.* Eine auf und ab kippende Kamera, gehalten von zitternden Händen, ein Film, der in einem stillen Sommer spielt, auf einem leeren Pfad, im Hintergrund flache, von der Sonne beschienene Häuser, Petri Grönholm denkt, dass der Pfad an irgendeinen Strand hinabführen könnte, an einen sandigen oder steinigen Strand, und der Junge läuft, beginnt zu rennen, in Richtung Ufer. Der Uniformierte am rechten Rand des Bildes wirkt sehr ruhig, entspannt, gleichzeitig zielorientiert, als sei ein Moment eingetreten, auf den er lange gewartet hat, während er seine Waffe zieht, den Arm anhebt und zu schießen beginnt. Einmal, zweimal, dreimal, viermal, fünfmal, sechsmal … der Junge läuft. Läuft weiter, obwohl er längst getroffen ist, tödlich getroffen, das sieht Petri Grönholm, er sieht einen Jungen, der läuft, obwohl er schon Sekunden zuvor gestorben sein muss, erst auf den allerletzten Schuss, den der Uniformierte abfeuert, während er schlendernd auf den am Boden Liegenden zuläuft, reagiert der Junge nicht mehr.

Petri Grönholm schließt das Fenster. Kehrt zu dem anderen Bild zurück, zu seinem Bild, zu dem schwarzen, unscharf konturierten Fleck, der er selbst ist.

Das Bild steht still. Pause. Beide atmen noch, beide leben noch, der helle und der dunkle. Sakari Ekman und er selbst, einander gegenüberstehend.

»Zwei Zentimeter«, sagt Marisa.

»Sicher?«, fragt Sanna lachend.

»Was gibt es da zu lachen?«, fragt Marisa.

»Na ja«, sagt Sanna. Dann muss sie schon wieder lachen, weil Marisa einfach lustig aussieht, mit diesen glühenden Augen, während sie das Geodreieck fest gegen das Fensterglas presst.

»Es kommt uns so vor«, sagt Paula.

»Hm?«, fragt Marisa, schon wieder dem Fenster und dem Dreieck und dem kreisrunden Mond zugewandt.

»Es kommt uns so vor, dass der Mond so klein ist, aber er ist ein bisschen größer«, sagt Paula.

»Aha. Und wie groß?«

»Keine Ahnung.«

»Aha«, sagt Marisa.

Paula gähnt, sie hat sich schon die Decke bis ans Gesicht gezogen.

»Geschlafen wird nicht«, sagt Sanna.

»Ich liege nur ein bisschen«, sagt Paula.

»Wenn du einschläfst, wirst du geweckt«, sagt Sanna.

»Ich schlafe nicht«, sagt Paula.

»Wir machen eine Liste. Was sind die nächsten drei Spiele, die wir spielen?«, fragt Marisa.

Sanna und Paula schweigen.

»Paula darf wählen, sie ist die Müdeste von uns.«

»Ich bin nicht müde, ich liege nur gemütlich.«

»Ich weiß was, Mitternachtsimbiss«, sagt Sanna.

»Ja«, sagt Marisa.

»Ja«, sagt Paula.

Sanna steht schon, öffnet schon die Tür, huscht auf den dunklen Flur hinaus, im Wohnzimmer, auf dem Weg in die Küche, sieht sie Papas Kollegen, Petri, komisch buckig sitzt er vor dem Computer.

»Hei, Sanna«, sagt er. »Dein Papa ist noch unterwegs, er … will was nachsehen.«

»Ich weiß. Ich hole uns nur schnell was zu essen«, sagt Sanna. »Magst du auch Cornflakes?«

Petri sieht sie an, als verstehe er gar nicht, wovon sie spricht. Auf dem Display seines Laptops sieht sie den Marktplatz von Turku, die Eiskioske. Eis wäre auch nicht schlecht, denkt sie.

»Nein, danke dir«, sagt Petri.

»Vielleicht nur ein Glas Milch?«, fragt Sanna. Milch ist gut, denkt sie. Petri sieht irgendwie so aus, als ob er ein Glas Milch vertragen könnte.

»Nein, danke dir. Aber … euch guten Appetit.«

»Danke«, sagt sie und geht weiter, in die Küche, sie hat jetzt wirklich Hunger auf Eis bekommen. Sie findet Eistüten mit Vanille und Schoko im Tiefkühlfach. Auf Papa ist Verlass.

Sie befüllt ein Tablett mit Schüsseln, Milch und der Cornflakes-Packung und legt noch drei Eistüten dazu. Es ist nicht einfach, das alles auszubalancieren, aber sie geht behutsam, Schritt für Schritt, im Wohnzimmer ist Petri so versunken in das Bild auf seinem Computer, dass er sie gar nicht mehr bemerkt. Sie geht durch den Flur, und es gelingt ihr sogar, mit dem Ellenbogen die Tür zu ihrem Zimmer zu öffnen, ohne das Tablett fallen zu lassen.

»3474«, sagt Paula, als sie in den Raum tritt. Sie sitzt

ganz aufrecht auf der Matratze, hellwach, in ihrem Schoß liegt der Tablet-Computer. »Steht hier. Der Mond ist vier Milliarden Jahre alt und 3474 Kilometer dick. Das sind drei Millionen Meter … und … wie viele Zentimeter?«

»Ok«, sagt Sanna.

»Das sind Millionen von Zentimetern. Oder Milliarden …«, sagt Paula.

»Das ist natürlich Quatsch«, sagt Marisa. Sie hält immer noch das Geodreieck in der Hand.

»Oh, lecker, was du da bringst. Eis ist ja immer gut«, sagt Paula.

Kimmo

Als Kimmo Joentaa zurückkehrt, steht das Haus unter einem blassen Nachthimmel und aus dem geöffneten Fenster zu Sannas Zimmer dringt helles Lachen, das ihm unwillkürlich ein Lächeln aufs Gesicht zaubert. Er bleibt für einige Sekunden stehen, hält inne, um dem Lachen der Mädchen zuzuhören.

Dann öffnet er die Haustür und sieht schon, als er in den Flur tritt, Petri im Wohnzimmer sitzen, vor dem flimmernden Laptop. Er sitzt in derselben Haltung wie vor einigen Stunden, als Joentaa gegangen ist.

»Hallo, Petri«, sagt Joentaa.

Grönholm wendet sich ihm zu. »Und?«, fragt er.

»Turuntie 121 ist eine Einrichtung für betreutes Wohnen«, sagt Joentaa. »Sakari Ekman hat dort eine kleine Wohnung gehabt.«

»Die Wolken-WG«, sagt Grönholm.

»Ja. Er hat gerne gemalt. Die ganze Wand ist ein großes Bild. So wie das in seinem Facebook-Profil.«

Grönholm sieht ihn an. »Wasser und Himmel?«, fragt er.

»Ja«, sagt Joentaa. »Und weiße Wolken.«

»Und … sonst?«

»Ich weiß noch nicht mehr. Ich habe nur die Wohnung gesehen, mit niemandem gesprochen.«

Grönholm nickt. »Betreutes Wohnen. Das bedeutet, dass dieser Junge … irgendwie krank gewesen ist. Richtig? Oder drogensüchtig. Oder beides.«

»Das wissen wir noch nicht«, sagt Joentaa.

»Ein Spinner. Der nackt durch die Stadt läuft, mit einem Messer, und Kinder erschreckt.«

Joentaa schweigt. Auf dem Bildschirm des Laptops flimmern Bilder, sie bewegen sich, in der hellen Sonne. Joentaa beugt sich nach vorn, er sieht den Jungen, Sakari, im Brunnen sitzen. Das Bild ist verschwommen und verwackelt, aber Joentaa kann beide merkwürdig gut erkennen, Sakari hell, Petri dunkel. Ganz in Schwarz.

»An meinem Brunnen. Auf meinem Marktplatz«, sagt Petri Grönholm.

Die Worte hallen nach, leise.

»Ich wohne da nämlich«, murmelt Grönholm.

David

Er bringt Erik ins Bett und liest ihm eine Gute-Nacht-Geschichte vor. Im Moment möchte Erik jeden Abend dieselbe hören, die Geschichte erzählt von einem Mädchen, das sich jeden Tag neu erfindet, um am Abend festzustellen, dass sie doch am allerliebsten einfach sie selbst ist.

David liest und denkt vage, mit einer merkwürdig beiläufigen Intensität, an Papa.

»Ha«, sagt Erik. »Astronautin.«

Das Mädchen fliegt ins All, umkreist die Erde, kehrt zurück. Als sie nach ihrem Abenteuer ins Bett hüpft, die Decke bis ans Kinn ziehend, den Kopf ins weiche Kissen bettend, nimmt sie sich fest vor, gut zu träumen.

»Dann schlaf mal schön«, sagt David.

Erik lächelt, er hat schon die Augen geschlossen und macht es sich ebenso gemütlich wie das Mädchen im Buch.

David steht langsam auf, schleicht auf leisen Sohlen durch Eriks Zimmer auf den Flur. Mama ist noch oben, in Emmas Zimmer, nach Bildern von Emma suchend. Während er die Treppe hinaufgeht, sieht er sie schon, gebannt vor dem Computer sitzend, sie tippt, schreibt einen Text, vielleicht aktualisiert sie die Gedenkseite.

David geht in sein Zimmer, verschließt die Tür und nimmt das Handy aus seiner Hosentasche. Er hat sich dazu entschlossen, eine Nachricht an Papa zu schreiben. Das hat er seit einer Weile nicht gemacht, aber irgendwie hat ihn das Mädchen in der Geschichte, die Astronautin, dazu angeregt. Wenn das Mädchen den Mut hat, ins All zu fliegen, hat er den Mut, eine Nachricht an Papa zu schreiben.

Hallo Papa, schreibt er. *Wo bist du denn heute?*

Stefan

Als ihn die Nachricht erreicht, sieht er der Kugel dabei zu, wie sie rollt.

Der Raum, in dem er steht, ist groß und weit, und die Stimmen der Menschen verdichten sich zu einer dumpf hallenden Geräuschkulisse. Vor einigen Minuten hat er gespürt, dass der Rausch sich nähert, und jetzt ist er schon da, hat ihn in die vage Schwebe hineinversetzt, in einen Hauch von Nebel, in dem er sich unerkannt und unbehelligt fortbewegen kann. Von einem Tisch zum anderen, drei Tische hat er ausgewählt, drei Kugeln ins Rollen gebracht.

Er folgt seinem System, das darin besteht, willkürliche Beträge zu setzen, mal lächerlich wenig, mal deutlich zu viel. Er steht an einem seiner Tische, betrachtet eine seiner Kugeln, der Augenblick scheint sich in die Länge zu ziehen, vielleicht wird diese Kugel einfach immer weiterrollen. Ohne anzuecken, ohne an Geschwindigkeit einzubüßen, ohne mit einer Ziffer zu verschmelzen. Ohne jemals eine Bedeutung zu gewinnen.

Er tastet die Blicke der Croupiers ab, die in dieser kleinen Stadt, in der er lange nicht gewesen ist, so still und steinern sind wie an keinem anderen Ort. Sein Blick gleitet ab, weg von der rollenden Kugel, zu Liisa und Esko, seinen Kollegen, die in einiger Entfernung an der Bar sitzen, lachend und trinkend. Bunte Cocktails, mit Strohhalmen. Sie scheinen seinen Blick zu spüren, wenden sich ihm zu, winken. Er lächelt. Die Kugel ist ausgerollt. Sein Smartphone hat die Ankunft einer Nachricht signalisiert.

An einem der anderen Tische blinkt die rote Reihe. Viermal in Folge Rot, er hat den Einsatz liegen lassen. Eher vergessen. Viermal vergessen, viermal gewonnen, das Geld, das er verlieren wollte, hat sich potenziert, vervielfacht, einmal, zweimal, dreimal, viermal, 1500, 3000, 6000, 12 000.

Er nähert sich dem Tisch und sieht schon den Croupier, der penibel die Jetons stapelt und sie in seine Richtung schiebt. 12 000 in vielen kleinen Rechtecken. Er verstaut alles in der Seitentasche seines Jacketts, greift in derselben Bewegung nach dem Smartphone und betrachtet das flimmernde Display.

Papa, wo bist du denn heute?, fragt David.

Und Stefan denkt, dass sein Sohn von allen Fragen, die es gibt, ausgerechnet die eine stellt, die er beim besten Willen nicht beantworten kann.

David

Zwei blaue Häkchen am Rand des Displays verraten, dass Papa die Nachricht gelesen hat, aber er hat nicht geantwortet. Die Frage bleibt im Raum. Sie schwebt über dem Schreibtisch, an dem David sitzt, mal näher, mal weiter entfernt, von Zeit zu Zeit wirft er einen Blick auf das Handy, sucht nach dem hellen grünen Symbol am linken oberen Rand, das die Ankunft einer Antwort signalisieren würde.

Er denkt an das Mädchen aus der Geschichte, die Astronautin, und an Erik, der schläft.

Er denkt an Mama, die in Emmas Zimmer sitzt, vor Emmas Computer, nach Bildern von Emma suchend.

Er denkt an das Gemälde, das unten im Wohnzimmer hängt, er fragt sich, seit wann es dort hängt, er erinnert sich vage an den Tag, an dem Papa es aufgehängt hat, lachend, mit dem Jungen und mit Emma, Emma hat die beiden, Papa und den Jungen, von einer Richtung in die andere dirigiert, bis das Bild endlich gerade hing, und David hat zugesehen, am Boden sitzend, mit Spielzeug spielend, so wie Erik heute, am Boden sitzend, gespielt hat.

Damals ist Erik noch gar nicht auf der Welt gewesen, er ist noch im All herumgeflogen, vielleicht mit dem Mädchen, der Astronautin.

Er zieht sein T-Shirt und die Hose aus, streift seinen Pyjama über und legt sich ins Bett. Auf dem Display des Smartphones, das auf dem Nachttisch liegt, blinkt lautlos ein eingehender Anruf.

David betrachtet die Nummer. Papas Nummer, der Anruf, auf den er die ganze Zeit gewartet hat. Er weiß gar nicht, wie lange.

Es blinkt und blinkt und blinkt. Papa kann, wenn er sich etwas in den Kopf gesetzt hat, sehr hartnäckig sein. Du Dickschädel, hat Mama früher oft gesagt und versöhnlich gelächelt.

David fragt sich, was Papa ihm sagen möchte. Mitten in der Nacht. Schlafenszeit.

Du solltest gar nicht mehr wach sein, Papa, denkt David, während er das Handy zurück auf den Nachttisch legt, sich auf die Seite dreht und die Augen schließt.

Kimmo

Er sitzt neben Petri Grönholm, der sich ins Intranet der Kriminalpolizei von Turku eingeloggt hat und die verfügbaren Informationen über Sakari Ekman sichtet. Immer weiter wandert Petris Blick, von Fenster zu Fenster, von Bild zu Bild, von Seite zu Seite, er macht sich Notizen, sucht überall, in sozialen Netzwerken, auf Karriereportalen, in Blogs und Chats nach Spuren von Sakari Ekman oder von Menschen, die ihn gekannt haben könnten.

Ein Foto zeigt Sakari Ekman als Kind. Er lacht ein helles Lachen, auf einem kräftig grünen Fußballplatz, er steht neben anderen Jungen. Ein helles Lachen auf einem überbelichteten Bild, es ist die Archivseite einer Schule. Sakari hat mit seiner Klasse, der 5D, ein Turnier gewonnen. Vor neun Jahren. In einem Sommer, der so sonnig und warm gewesen zu sein scheint wie der heutige.

Neun Jahre, denkt Joentaa. Ja. Ein warmer Sommer. Vor neun Jahren ist Larissa gestorben. Und Sanna kam zur Welt. Und Sakari hat vier Tore geschossen.

Sakari auf dem Foto hält einen kleinen Pokal in der Hand, eine Auszeichnung für den besten Torschützen des Turniers. Er steht in der Mitte, umjubelt. Einer der anderen Jungen hat seine Schulter um ihn gelegt. Petri Grönholm starrt das Foto des Jungen an, kann den Blick nicht abwenden.

»Sieht ganz anders aus«, murmelt Petri. »Aber das ist er. Er sieht anders aus, aber ich denke, dass das derselbe Junge ist. Oder?«

Joentaa nickt.

Petri Grönholm betrachtet das Foto des Jungen, sein Trikot ist blau und gelb und ein wenig zu groß.

»Heute ist er größer gewesen. Viel größer«, sagt Petri tonlos. Er sucht etwas auf dem Zettel, auf dem er sich Notizen gemacht hat. Dann öffnet er den Routenplaner, flüstert einen Straßennamen, gibt ihn in die Suchleiste ein, steuert einen Ort an. Das Haus der Familie, denkt Joentaa. Das Haus, in dem Sakari Ekman aufgewachsen ist, in dem er gelebt hat, in das er zurückgekehrt ist, am Abend dieses Tages vor neun Jahren, an dem er mit seiner Klasse ein Fußballturnier gewonnen hat.

»Das müsste die Adresse der Eltern sein, zumindest wenn die Angaben in der Intranet-Akte stimmen«, sagt Petri Grönholm, während die Seite lädt und sich ein Bild herauskristallisiert. Das Foto einer sonnigen Straße. Eine Allee von Bäumen. Einfamilienhäuser in verschiedenen, angenehm abgedämpften Farben, es wirkt, als wären die Farben der Häuser aufeinander abgestimmt worden, als hätten die Bewohner miteinander darüber gesprochen, wer welche Farbe wählt, bevor sie begonnen haben, ihre Häuser anzustreichen. Im Hintergrund Strand und Meer und Boote.

»Hier«, sagt Grönholm. »Nummer 48. Das ist es.«

Joentaa folgt seinem Blick. Ein helles blaues Haus, am Ende der Straße, umgeben von einem großen, offenen Garten. Das helle Blau des Hauses scheint mit dem dunklen Blau des Nachbarhauses in perfekter Harmonie vereint zu sein. Eine Harmonie, die aus dem sanften Bruch zwischen den Farben resultiert. Der Farbton ist identisch, nur die sanfte Schwelle zwischen Hell und Dunkel trennt die beiden Häuser voneinander. Joentaa beugt sich vor, betrachtet die Häuser und denkt, dass diese beiden Häuser aussehen wie der Himmel und das Meer, auf Sakari Ekmans Gemälden.

»Das hier, die 48, das müsste das Haus der Familie Ekman sein«, sagt Grönholm.

Joentaa fragt sich, wann Sakari Ekman ausgezogen ist. Um in seiner Wolken-WG zu leben. Allein. Und warum.

»Kimmo, kannst du … da mal hinfahren? Morgen? Sprechen, mit den Leuten. Vielleicht … egal mit wem. Hauptsache … irgendjemand sagt uns … warum dieser Junge … Sakari Ekman …«

»Lass uns erst mal schlafen gehen«, sagt Joentaa.

Grönholm betrachtet das Bild. »Das ist eine schöne Wohngegend. In Naantali, in der Nähe des Bootshafens, ich weiß etwa, wo das ist«, sagt er. Dann klappt er den Laptop zu und lässt sich, zum ersten Mal seit Stunden, auf dem Sofa zurücksinken.

»Warte, ich hole dir ein Kissen«, sagt Joentaa. Er geht ins Schlafzimmer, nimmt das Kissen, und als er zurückkehrt, ist Petri Grönholm schon eingeschlafen, in einer verkrampften Position, sein Kopf kippt zur Seite, er fängt ihn in Sekundenabständen immer wieder auf, begradigt intuitiv seinen Körper, ohne zu erwachen.

Joentaa legt vorsichtig das Kissen in Petris Nacken. Dann sitzt er in der Stille und denkt darüber nach, ob Petri Antworten finden wird. Vielleicht erst, wenn er die Fragen an sich selbst richtet.

Die helle Nacht hat begonnen, kaum merklich, auf einem schmalen Grat zwischen Blau und Blau, mit dem Morgen zu verschmelzen.

Das ganze Leben

Sanna

Sanna erwacht mit dem Gedanken, dass sie natürlich niemals hätte schlafen dürfen.

Es dauert einige Sekunden, bis sie sich in der Wirklichkeit zurechtfindet, sie sieht Marisa und Paula, die neben ihr auf den Matratzen liegen, fest in ihre Decken gehüllt, tief schlafend, Paula schnarcht leise. Durch das Fenster dringt hell die Sonne. Eigentlich egal, wie groß der Mond ist, wenn die Sonne scheint, denkt Sanna.

»Aufwachen, hallo«, murmelt sie. »Hei, ihr Schlafmützen. Das hatten wir anders vereinbart. Schlafen ist nicht. Hallo, aufwachen.«

Aber die beiden, Marisa und Paula, schlafen, und Sanna lächelt und denkt, dass sie es eben doch als Einzige geschafft hat. Sie ist alleine wach geblieben, sie hat ja, wenn überhaupt, ein wenig vor sich hin gedöst, während der Morgen kam, ein paar Minuten höchstens hat sie verschlafen, abgesehen davon, hat sie sich an die Vereinbarung gehalten. Die Nacht zum Tag zu machen. Spielen statt schlafen. Schlafen ist langweilig.

»Hei, hallo, ihr beiden, schlafen ist langweilig«, sagt sie und rüttelt ein wenig, erst an Marisa und dann an der schnarchenden Paula, aber keine der beiden lässt sich im

Geringsten stören, also steht Sanna auf und stolpert über das Tablett mit den Müslischalen, ein wenig Milch fließt auf den Boden.

Sie wischt die Milch mit ihrem Kissen auf, legt das Kissen zurück auf die Matratze, und während sie leise die Tür öffnet und auf den Flur hinaustritt, denkt sie, dass sie irgendwie doch noch müde sein muss, sonst würde sie ja nicht Milch mit ihrem Schlafkissen aufwischen, das hat sie noch nie gemacht. Das Wohnzimmer wird von Sonnenstrahlen geflutet, draußen, hinter den Glasscheiben, liegt der See tiefblau und ruhig und sehr einladend unter dem Morgenhimmel. Schwimmen, denkt Sanna, gleich nach dem Frühstück schwimmen, und sie betrachtet Papas Kollegen Petri, der auf dem Sofa liegt, merkwürdig verrenkt, es sieht nicht bequem aus, aber er schläft.

»Guten Morgen, Meisterin«, sagt Papa. Er steht lächelnd auf der Schwelle zur Küche.

Papa und ich sind hellwach, die Gäste schlafen, denkt Sanna. Sie grinst, der Gedanke gefällt ihr.

»Gut geschlafen?«, fragt Papa.

»Nein. Ganze Nacht wach gewesen«, sagt Sanna.

Papa lacht. »Oh. O.k.«, sagt er. »Respekt.«

»Marisa und Paula schlafen noch. Waren aber auch lange wach, und der Mond ist entweder zwei Zentimeter oder 3574 Meter dick. Eins von beiden.«

»Hm. Was auch immer stimmt, ich hätte es nicht gewusst«, sagt Papa. »Magst du ein Morgenmüsli?«

Sanna nickt.

»Mache ich«, sagt Papa.

Als er die Augen öffnet, steht Erik an seinem Bett. Seine Augen sind weit geöffnet, groß und fragend. Er hält einen kleinen Affen in den Händen, sein Lieblingsstofftier. David richtet sich auf.

»Hei, Erik. Schon wach? Wo ist Mama?«

»Am Computer«, sagt Erik, und David sieht sofort das Bild vor Augen. Das Bild von Mama, die vor dem Computer sitzend, den Kopf auf die Tischplatte gebettet, eingeschlafen ist. Er holt Schwung, hebt sich aus seinem Bett, die Müdigkeit vertreibend. Auf dem Nachttisch liegt das Handy, und David denkt für einen Moment an Papa, an den blinkenden, stillen Anruf in der Nacht, den er nicht angenommen hat.

»Komm, wir wecken sie«, sagt er und geht voran, Erik läuft mit Trippelschritten hinterher. Mama erwacht gerade, als sie Emmas Zimmer betreten. Sie lächelt ein verwirrtes, fragendes Lächeln, das unmittelbar in Davids Körper eindringt, als ihr Blick seinem begegnet.

»David«, sagt sie. »Ihr beiden. Ich … muss … kurz eingeschlafen sein.«

David sucht ihren Blick, versucht, ihn festzuhalten, ihr Lächeln festzuhalten.

»Erik war als Erster wach«, sagt er lachend, das Lachen fühlt sich fern an, unnatürlich glucksend, ein erfundenes Lachen, und Erik sagt stolz: »Ja. Als Erster.«

David versucht, Mamas Lächeln festzuhalten, und dann, als das Lächeln schwindet, versucht er, es zurückzuholen, indem er ihrem schwindenden Lächeln sein verzweifeltes entgegensetzt. Er versucht, es nicht verzweifelt aussehen zu lassen. Und dann kommt Mamas Lächeln zurück, es liegt wie von Zauberhand wieder auf ihren Lippen.

»Ich mache euch Frühstück, ihr beiden«, sagt sie.

»Ich kann Brötchen holen«, sagt David.

Mama nickt. David beobachtet das Lächeln auf ihren Lippen. Es ist noch da, aber es hat sich eingefärbt. Irgendwie die Farbe geändert, Brötchen holen, denkt er, frühstücken. Mama hat mit einem Fingerdruck den Computer aktiviert, auf dem Bildschirm ist ein Foto von Emma, Emma backt Kuchen.

»Wir könnten heute Emmas Schokoladenkuchen backen«, sagt er. Die Worte kommen ohne sein Zutun, sie bleiben im Raum, wandern langsam, kriechend voran. Er will sie zurückholen.

»Ja, Kuchen, Emmas Kuchen!«, sagt Erik, und Mamas Blick verliert sich, ihr Lächeln erlischt.

Petri

Petri Grönholm wird vom Lachen der Kinder geweckt. Sie huschen an ihm vorüber, er bekommt die Worte nicht zu fassen, die sie wechseln, die Rufe der Kinder vermengen sich mit dem Traum, den er geträumt hat, die Rufe der Kinder strotzen vor Leben, der Traum hat vom Tod gehandelt.

Er liegt auf dem Sofa. Das Kissen riecht frisch nach Morgen und ist weiß und orange, Kimmo muss es ihm gebracht haben. Die Mädchen stehen einige Meter entfernt, verstohlen kichernd, das iPad auf ihn richtend, aus dem Tablet dringt leise eine monotone Musik.

»Wir haben dich gefilmt«, sagt eines der Mädchen, eine der Freundinnen von Kimmos Tochter Sanna. »Du hast geschnarcht. Wir haben dein Schnarchen hier«, sagt das Mädchen lachend und deutet auf das Tablet.

»Du kannst sagen, was du willst, wir haben den Beweis«, sagt Sanna lachend. »Du schnarchst.«

Der Beweis, denkt Grönholm. Er denkt an den anderen Film. Auf dem er nicht schläft, sondern läuft. Durch die Wand aus Wasser, in einen verbotenen Raum. Sie sind kein Engel, hat er zu Sakari gesagt. Messer weg.

Die Mädchen rennen durchs Wohnzimmer, durch die Glastür ins Freie, über den Rasen hinunter an den See.

»Magst du einen Kaffee?«, fragt Kimmo. Er steht auf der Schwelle zur Küche und lächelt. »Oder einen Tee?«

»Kaffee«, sagt Grönholm. »Ja, danke.«

Die Mädchen draußen springen ins Wasser. Das Platschen ist merkwürdig leise und dumpf bis ins Wohnzimmer zu hören. Als er seinen Körper anhebt, fährt ein stechender Schmerz in seinen Rücken, der nach Sekunden vergeht.

Er läuft, durch den hellen Flur in die von der Morgensonne angefüllte kleine Küche, Kimmo gießt gerade den dampfenden Kaffee in die Tasse, eine bunte Tasse, auf der die Mumintrolle abgebildet sind und das kleine freche Mädchen mit den feuerroten Haaren, die kleine My. Petri Grönholm fragt sich, ob Kimmo ihm bewusst diese Tasse reicht, die bunte Tasse mit lieben Trollen und einer lebenslustigen My. Für Momente fühlt sich der Tag normal an.

Auch der Gedanke, in die Wohnsiedlung am Bootshafen von Naantali zu fahren, zu den Holzbungalows in allen Farben, zu dem hellblauen Haus von Sakaris Familie, fühlt sich in diesem Moment normal an.

»Kimmo, ich möchte da in jedem Fall hinfahren. Zu dem Haus der Ekmans. Ich werde das machen … würdest du mich begleiten?«

Joentaa schweigt für eine Weile.

»Ja«, sagt er dann, gerade als Petri Grönholm nach Worten sucht, die ihn überreden könnten.

Grönholm denkt, dass das typisch Kimmo ist. Keine wichtigtuerischen Hinweise, kein Verweis darauf, dass es nicht in ihren Zuständigkeitsbereich fällt, nichts dergleichen, sondern einfach nur ein *Ja*.

»Danke«, sagt er und hebt die bunte Tasse zum Mund, der heiße Dampf des Kaffees berührt seine Lippen, und die Kinder stürzen in die Küche, durcheinanderredend, Wasser tropft von ihren Badeanzügen auf den Boden. Eines der Mädchen trägt einen Hut, der an Al Capone erinnert, zumal sie sich auch einen Schnurrbart über die Lippen gemalt hat.

»Wir drehen gleich einen Film«, sagt Sanna.

»Wir haben so eine App, mit der wir Videos machen können«, sagt eine ihrer Freundinnen.

»Vom schnarchenden Petri zum Beispiel«, sagt Sanna lachend.

»Sanna und Paula heiraten. Also … Paula spielt einen Jungen …«

»Quatsch, Marisa, ich spiele einen Mann«, sagt die schnurrbärtige Paula.

»Ah. O.k. Ja, also, die beiden heiraten … und bekommen ein Kind, das spiele ich …«

»Und wir filmen das ganze Leben«, sagt Sanna.

»Marisa spielt das Baby, wir können sogar filmen, wie Marisa geboren wird«, sagt Paula.

»Wie das denn?«, fragt Marisa.

»Wir drehen alles, das ganze Leben, nur den Tod lassen wir weg«, sagt Sanna.

Sanna grinst, und Paula sieht irgendwie lustig aus, als sie einen Finger an ihren Schnurrbart legt, nachdenklich, sie scheint ihre nächsten Worte bedächtig abzuwägen.

»Stimmt, das lassen wir weg, Sterben ist langweilig«, sagt sie schließlich.

Leena

Frühstücken mit den Kindern. Draußen ein Sommertag. Lauer, warmer Wind weht herein. David hat Brötchen gekauft, den Tisch gedeckt, Kaffee gekocht. Sie haben gegessen, schweigend, die Sonne und ihre Schatten haben über den Tellern getanzt. Erik hatte einen schmalen Bart aus Milch an seiner Lippe.

Jetzt spielt er im Garten. Er sitzt am Rand des Schwimmbads, lässt seine Beine im Wasser baumeln und steuert mit seinen Händen ein kleines Boot, das er gebastelt hat.

»Genau, Erik, da sitzt du gut«, ruft David durch die geöffnete Terrassentür in den Garten. »Und nicht reinfallen, ja? An der Stelle ist es nicht so tief, aber pass trotzdem auf. Nachher üben wir ein paar Runden.«

Erik ist der Jüngste im Schwimmkurs. David hatte die Idee, er hat ihn angemeldet, er fand es wichtig, dass Erik schwimmen lernt. Leena hat sich manchmal gefragt, warum. Sie sieht den beiden immer nach, wenn sie mittwochs loslaufen, über den Rasen und die Einfahrt zur Straße, in Richtung des Erlebnisbades am Strand, mit der großen Wasserrutsche, die schon aus einiger Entfernung sichtbar hellblau in den Himmel ragt.

Am Abend, wenn sie vom Schwimmkurs zurückkommen, sagt David immer, dass Erik schon sehr gut sei, und Erik grinst skeptisch und unsicher und murmelt, dass er heute viel Wasser geschluckt habe. »Ach, Quatsch«, sagt David, und sie sieht die beiden an und hört ihren Dialog wie ein Flüstern, in unmittelbarer Nähe, obwohl es unendlich weit entfernt ist.

David steht in der schneeweißen Küchenzeile und räumt die Spülmaschine ein, er sieht irgendwie klein und verloren aus, umgeben von massivem Weiß, geduldig beseitigt er die Reste des Frühstücks, ihr kleiner, großer Sohn, nur der Obstteller steht noch auf dem Tisch, drei Orangen, zwei Äpfel auf einem weißen Teller. Der Tag ist schon so warm, es ist doch erst Morgen, denkt sie. Emmas Kuchen backen. Schokolade überall, es hat immer lange gedauert, den Zuckerguss von den Händen zu waschen. Sie denkt an Stefan, plötzlich. Stefan hat immer nur gegessen, nie gebacken, aber gegessen mit gutem Appetit und schallend lachend. In seiner tiefblauen Uniform.

Vielleicht hat er deshalb das Schneeweiß der Küchenzeile gemocht, er sah immer aus, als würde er in einem Gemälde stehen oder in einem Hochglanzfoto für einen Werbeprospekt, wenn er morgens da gestanden hat, tiefblau vor weißem Hintergrund, einen schnellen Kaffee trinkend, bevor er anderen Welten entgegenstrebte. Um zuverlässig zurückzukehren und Abende und Nächte mit seinen Erzählungen zu füllen.

Daran denkt sie, an diese Nächte, in denen sie mit Stefan wach gelegen hat, neben ihm, die Kinder haben geschlafen, behütet, unbehelligt, geborgen, und Stefan hat von den Ländern und Städten erzählt, die er bereist, und sie hat zugehört und seine fremde Welt für ihre eigene gehalten.

Sie denkt an Emma, beim Schulkonzert, alleine singend, auf der Freilichtbühne neben dem Sportfeld. Ihre Stimme füllt den Raum aus. Den ganzen Raum, Erde und Himmel. Beifall setzt ein. Tosender Applaus.

»Mama?«

Das ist Davids Stimme. Sie sieht ihn an. Wartet. Hat er eine Frage gestellt, die sie überhört hat?

»Ich gehe raus zu Erik. Wir schwimmen ein paar Runden.«

»Ja, macht das«, sagt sie.

Er bleibt stehen, zögert. »Erik kann schon vom Rand reinspringen«, sagt er. »Kannst du gleich mal ansehen, wenn du willst.«

Sie nickt. Erik planscht schon im Wasser.

»Ich gehe mal raus«, sagt David. »Bis gleich.«

David geht, sie sieht ihm nach. Federnd fragend ist sein Gang. Als er auf der Terrasse für einen Moment stehen bleibt, ein- und ausatmend, spürt Leena für Momente seine Traurigkeit. Auf die Terrasse hinausgehen, denkt sie, in den Garten, in den Morgen.

Erik steht schon am Rand des Beckens, dreht sich um, sieht sie an. Sein fragender Blick kollidiert mit ihren Augen, prallt ab. Erik springt. Taucht auf. Prustet und hustet. David klatscht in die Hände. Eine Abfolge von Bildern, Leena findet den Zusammenhang nicht. Sie will in Davids Klatschen einstimmen, Eriks Sprung beklatschen, aber sie findet keinen Impuls.

Erik springt wieder.

»Super«, ruft David.

Sie denkt an tosenden Applaus, während sie mit Händen, die nicht mehr applaudieren können, in der Stille sitzt.

Kimmo

Der helle blaue Holzbungalow steht in einer Reihe von Häusern, die, abgesehen von den unterschiedlichsten Farben, nahezu identisch aussehen. Alle Häuser sind umgeben von großen, offenen, auffällig penibel gepflegten Gärten. In der Ferne lachen spielende Kinder. Im Garten des Hauses der Familie Ekman steht eine Frau, sie gießt Blumen.

»Vielleicht … geh du erst mal, ja?«, sagt Grönholm, der durch die Windschutzscheibe hindurch die Frau anstarrt. Joentaa sieht ihn an und folgt dann wieder seinem Blick auf die Frau im Garten, die ruhig an dem Beet entlanggeht, sie scheint jede einzelne Blume, jede Blüte eingehend zu begutachten.

Joentaa öffnet die Tür, steigt aus dem Wagen und denkt an Sanna, an die Mädchen, die bestens gelaunt gewesen sind, als Petri und er gegangen sind, sie haben hoch und heilig zugesichert, alles im Griff zu haben. »Keine Angst, das Haus steht noch, wenn ihr zurückkommt«, hat Sanna gerufen, als Petri und er in den Wagen gestiegen sind. »Na, dann ist ja gut«, hat Joentaa lachend erwidert.

Die Frau im Garten hält den Blick auf die Blumen gesenkt, während Joentaa sich nähert, sie hebt den Kopf erst, als er ihr gegenübersteht, nur eine Reihe von flachen grauen Steinen trennt den offenen Garten von der Straße. Sein Blick gleitet über die anderen Gärten, eine weite Fläche, die Gärten liegen unter der Sonne wie stille Seen, im Hintergrund schaukeln weiße Motorboote und kleine Segelschiffe träge im Hafen von Naantali. Kimmo Joentaa denkt wieder an Sanna, an Paula und Marisa. Er denkt an den Film, den die drei drehen. Das ganze Leben, denkt er, und spürt ein Lächeln auf seinem Gesicht.

»Kann ich Ihnen helfen?«, fragt die Frau, die im Garten des hellblauen Hauses steht. Joentaa sieht sie an, sein Blick begegnet wachen, kaum merklich flackernden Augen.

»Frau Ekman?«, fragt er.

»Ja«, sagt sie.

»Ich bin Kimmo Joentaa. Von der Polizei in Turku.«

Die Frau schweigt.

»Es tut mir sehr leid, dass Ihr Sohn … Sakari …«

»Danke«, sagt Aune Ekman.

»Ich bin in Sakaris Wohnung gewesen. In der Wolken-WG«, sagt Joentaa.

Aune Ekman sieht ihn nur an. Wachsam, ein wenig überrascht.

»Er hat sehr schöne Bilder gemalt. Das Meer.«

»Ja«, sagt sie. »Das stimmt.«

»Darf ich reinkommen?«, fragt Joentaa.

»Als Sakari ganz weg war, als er uns kaum noch gekannt hat, waren nur noch die Bilder da«, sagt sie. »Kommen Sie, ich mache Kaffee.«

Aune Ekman geht voran, und Joentaa folgt ihr, durch den blühenden Garten zur Terrasse und durch die angelehnte Terrassentür ins Haus, das im Schatten liegt, angenehme Kühle umfängt ihn, erst jetzt spürt er, wie heiß draußen die Sonne scheint. An der Wand hängt ein großes, breites Gemälde, Himmel und Meer. Aune Ekman folgt Joentaas Blick.

»Ja, das ist von Sakari. Er hat es mir zum Geburtstag geschenkt, das ist erst ein paar Monate her. Er stand plötzlich vor der Tür mit diesem Bild, das er kaum halten konnte und durch die ganze Stadt geschleppt hatte.«

»Es ist sehr schön«, sagt Joentaa.

»Das ist seins. Er hat irgendwann nur noch dieses Motiv gemalt. Ich hatte ihn lange nicht gesehen, aber an dem Tag hat er an meinen Geburtstag gedacht. Er hat mir das Bild gegeben und ist gegangen. Einfach so, ohne ein einziges Wort zu sagen.«

Joentaa nickt. Eine Frage liegt ihm auf der Zunge. Und noch eine und noch eine. Aber er schweigt. Betrachtet das Bild.

»Setzen Sie sich doch, ich mache Kaffee«, sagt Aune Ekman.

Petri

Petri Grönholm hat die beiden miteinander sprechen sehen, der Garten der Ekmans ist nicht umzäunt, nur flache graue Steine haben Kimmo und die Frau voneinander getrennt. Die grauen Steine sind ebenso hoch wie der eine Schritt, den er hat machen müssen, um zu Sakari in den Brunnen am Marktplatz zu steigen.

Genau einen Tag liegt das zurück, gerade jetzt beginnt wieder ein Mittag. Grönholm beobachtet Kimmo und die Frau, versucht, von ihren Lippen zu lesen.

Dann läuft Kimmo hinter der Frau her zum Haus. In einem der Nachbargärten wirft ein Rasensprenger Fontänen, die denen am Marktplatz ähneln.

Unwillkürlich sucht Grönholm nach einem Schatten, zwischen den kleinen Wasserfällen, nach dem nackten Jungen, nach Sakari Ekman, aber da ist niemand, und auch der Garten der Ekmans ist jetzt leer.

Kimmo und Sakaris Mutter sind im Haus verschwunden.

Kimmo

Auf der Tasse ist ein Blumenmuster. Blumen im Garten, Blumen auf der Tasse. Blumen auch auf dem Teller, den Aune Ekman in die Mitte des Tisches stellt, der Teller ist bedeckt mit Zimtgebäck. Neben den Teller stellt sie eine blaue und weiße Milchpackung, daneben Zucker und ein kleines Kännchen mit Sahne. Blumen auch auf der kleinen Kanne.

»Sakari ist vor einigen Jahren erkrankt, auch dann war Sommer«, sagt sie, während sie den Tisch deckt. Joentaa hebt den Blick, sucht ihre Augen.

»Es war etwas Schlimmes passiert. Er konnte das nicht einsortieren. Er war … sicher anfällig oder empfänglich oder wie man das nennen will. Es liegt bei uns ein klein wenig in der Familie.«

Sie lächelt.

»In beiden Familien eigentlich, auch in der meines Mannes. Die Mutter meines Mannes litt lange an einer klinischen Depression, und mein Großvater kam mit einer Psychose aus dem Krieg.«

Sie gießt Kaffee in zwei blumige Tassen.

»Schon einige Monate bevor dieser schlimme Unfall passierte, hat Sakari zum ersten Mal Symptome gezeigt, unter der Einnahme von Lysergsäurediethylamid. Sie wissen, was das ist?«

»Nein«, sagt Joentaa.

»Ich nenne es intuitiv so, ich versachliche.«

Sie lächelt wieder.

»Lysergsäurediethylamid ist LSD. Sakari hat auch andere Sachen ausprobiert, problematisch waren insbesondere die synthetischen. Es gab natürlich Szenen, zwischen ihm und meinem Mann. Mein Mann hat sich vor Sakari aufgebaut und … Machtworte gesprochen. Er ist sehr laut geworden.« Sie hält inne. »Wie machtlos er war.«

Sie schenkt Milch ein, hebt die Tasse an den Mund.

»Und … ja … Sakari zeigte mit vierzehn, fünfzehn erste Symptome, Paranoia, Ich-Störungen. Ich mag diesen Begriff eigentlich nicht … falls Sie sich wundern, dass ich wie eine Ärztin spreche, ich bin eine. Psychotherapie und Psychiatrie. Wie gesagt, es liegt in der Familie.«

Sie hebt wieder die Tasse zum Mund, trinkt.

»Ich glaube, dass ich vielen meiner Patienten zumindest ein wenig geholfen habe. Aber an meinem eigenen Sohn bin ich gescheitert. Machtlos, wie mein Mann.«

Joentaa denkt an Sakari, umgeben von Wasser. Vom Wasser seiner Gemälde und vom Wasser des Brunnens. Er fragt sich, wo Sakari gewesen ist, welche Welt seine gewesen ist an diesem Mittag auf dem Marktplatz, was er gesehen hat, und wo die feine Trennlinie verlief zwischen seiner Perspektive und der von Petri. Vielleicht hat Sakari das Meer gesehen und Petri Grönholm den Himmel. Oder umgekehrt.

»Fertig, Mama.«

Joentaa dreht sich um und sieht einen kleinen Jungen mitten im Raum stehen. Er hat rötlich blonde Haare, wie Sakari.

»Sehr gut, mein Kleiner«, sagt Aune Ekman. Sie wendet sich wieder Joentaa zu. »Die haben den Kindern allen Ernstes Hausaufgaben in die Ferien mitgegeben. Jede Woche zwei Seiten. Sogar für die Erstklässler.«

»Wer ist das?«, fragt der Junge mit großen Augen. Im Hintergrund hört Joentaa Musik. Der Fernseher läuft.

»Ich bin Kimmo«, sagt er. »Kimmo Joentaa.«

»Hallo, ich bin Valtteri.«

»Hallo, Valtteri«, sagt Joentaa.

»Kann ich fernsehen? Bin ja fleißig gewesen.«

»Das stimmt. Sehr fleißig«, sagt Aune Ekman lächelnd. Der Junge verschwindet. Weg ist er, als sei er ein Trugbild gewesen, denkt Joentaa. Eine Idee, eine Vorstellung, wie es sein könnte. Er freut sich darüber, dass da noch ein Junge ist, noch ein Sohn, ein kleiner Junge, der aussieht, wie Sakari einmal ausgesehen hat. Wenn er sich das alles nicht einbildet. Sein Blick gleitet aus dem Fenster, und er denkt für Momente, dass er sich alles nur vorstellt, dieses Haus, diesen Sommer, das blaue Bild an der weißen Wand.

»Valtteri weiß nichts«, sagt Aune Ekman. »Er kann sich an Sakari kaum erinnern. Als Sakari … damals gegangen ist, war Valtteri erst drei Jahre alt, und Sakari war eigentlich immer viel … unterwegs. Sakari war immer rastlos.«

Joentaa betrachtet die Blumen auf seiner Tasse. Im Hintergrund akustische Musik, eine sanfte, tragende Stimme hat sich auf die Melodie gelegt. Joentaas Blick gleitet wieder durch die Fenster und in die angrenzenden Gärten. Unter dem hellblauen Himmel steht dunkelblau das Nachbarhaus. Ein Gärtner sitzt auf einem fahrbaren Rasenmäher, dreht seine Runden.

Die Sonne brennt, denkt Joentaa vage, das Lied, das aus dem Fernseher dringt, scheint von Feuern zu erzählen. Die Sonne brennt, denkt Joentaa noch einmal, er weiß nicht, woher der Gedanke kommt. Dann sieht er oben, an einem Fenster des dunkelblauen Nachbarhauses, eine kleine Flamme flackern. An einem weißen Vorhang. Er kneift die Augen zusammen, versucht, das flimmernde, von der flirrenden Sommerluft gebrochene Bild scharf zu stellen. Bunte Blumen auf der weißen Tasse, schwarzer Kaffee.

»Am Ende war es die Sache mit Emma, die ihn nicht mehr losgelassen hat«, sagt Sakaris Mutter. »Er konnte das nicht zuordnen …«

Sie ist so beherrscht, denkt Joentaa. So traurig und so beherrscht. Weil es anders nicht zu ertragen ist. Er sieht die Flamme. Es ist eine Flamme. Es ist nicht die Sonne, die brennt, sondern Feuer. Aus dem Fernseher dringt eine Melodie, die von Feuern erzählt. Der weiße Vorhang färbt sich ein, Weiß wird Schwarz, und Joentaa steht auf und läuft, ihm ist schwindlig.

Es ist ein Feuer, denkt er. Am hellen Tag.

Er läuft, durch die angelehnte Terrassentür in den Garten, die Hitze umfängt ihn, noch ein wenig heißer als zuvor, im Nachbargarten steht ein Haus unter der brennenden Sonne. Eine kühle Welle. Er braucht eine riesige Welle, angefüllt mit kühlem Wasser, jetzt gleich. Eine Welle, die er in die Hände nehmen und zu dem blauen Haus hinübertragen kann. Er läuft schneller, seine Beine lösen sich vom Boden, er greift intuitiv nach seinem Handy, wählt die Notrufnummer.

Eine junge Stimme meldet sich. Er nennt die Adresse. Hat sie plastisch vor Augen, obwohl er zum ersten Mal hier ist, die Buchstaben, die den Straßennahmen formen, tanzen auf einer schmalen Linie am Horizont, wie auf den Bildern von Himmel und Wasser, in Sakaris Wolken-WG.

Ein Wohnhausbrand, sagt er. Ja, sofort. Es eilt sehr. Er denkt an den kleinen rothaarigen Jungen, der Hausaufgaben machen muss, obwohl doch Ferien sind, ein Sonnensommer. Er denkt an Sanna. Sie springt kopfüber in den See, taucht unter. Im Hintergrund ist leise eine Melodie und laut ein Schrei, den Aune Ekman ausstößt. Sie schreit einen Namen, den Joentaa nicht versteht. Als er sich kurz umdreht, sieht er sie neben ihrem kleinen Sohn stehen, beide starren mit weit aufgerissenen Augen auf das Nachbargrundstück.

Joentaa läuft, springt über die flachen grauen Steine in den Nachbargarten, in einem Schwimmbad spiegeln sich der Himmel und die Sonne, auf einem Liegestuhl liegen gelbe Kissen, und die Flammen flackern und züngeln inzwischen an allen Fenstern des Hauses. In den Augenwinkeln erahnt er Petri Grönholm, der die Anhöhe hinaufläuft, der Gärtner, der eben noch mit freiem Oberkörper träge seine Bahnen über den Rasen gefahren ist, über das helle, grüne Gras, steht neben seinem Rasenmäher, regungslos, er hat den Mund geöffnet, wie in einem Wort erstarrt, das er sagen möchte.

»Ich habe 112 verständigt«, ruft Grönholm, außer Atem.

»Ja, ich auch«, sagt Joentaa.

Sie stehen gemeinsam vor dem Haus, das von schwarzem Rauch umgeben ist. Der weiße Vorhang aus dem oberen Stockwerk flattert zu Boden, die Flammen lodern noch, als der Vorhang schon am Boden liegt, neben dem blau und gelb schimmernden Wasser des Schwimmbads, in der Ferne sind Sirenen zu hören. Zu spät, denkt Joentaa. Niemand zu Hause, denkt er. Niemand, niemand, niemand. Bitte niemand. Die Sirenen sind weit entfernt.

Er geht auf das Haus zu, die Terrassentür steht offen, er duckt sich und atmet einen Schwall des heißen, schwarzen Rauchs ein, als er das Wohnzimmer betritt. An einer Wand vor einem breiten Sofa hängt, umschlossen von Flammen, ein Bild, ein Feld und ein Himmel, den nur Sakari gemalt haben kann. In einer anderen Zeit, in der er noch gelbe Felder gemalt hat statt des blauen Meeres.

»Du gehst nach rechts, ich nach links«, ruft Petri Grönholm, der ihm gefolgt ist.

Petri wuchtet sich schon über die Schwelle in einen von Feuer umschlossenen Raum, bevor Joentaa etwas entgegnen kann.

Leena

Sie liegt am Strand auf weißem Sand unter der Sonne. *Mama,* ruft Emma lachend. *Mama! Wenn du da liegen bleibst, wird das heute Abend ein Sonnenbrand!*

Sie erwacht, Emmas Ruf klingt schallend nach. Um sie herum wabert Rauch, eine orange Wand hat sie umschlossen, hinter der Wand flackert unscharf der Tag. Sie kann nicht atmen. Aus und ein, denkt sie. Aus und ein. Sie will atmen. Erik, denkt sie. David. Sie liegt auf dem Sofa. Das Sofa ist schwarz, eben ist es noch weiß gewesen. Sie muss geschlafen haben. Zu lange. Aus und ein, es geht nicht, sie steht auf und läuft, tastet sich nach vorn, irgendwo ist eine Stimme. Die Stimme eines Mannes.

»Ist hier jemand?!?«, ruft der Mann. Die Stimme klingt fremd, atemlos, kratzig, panisch, es ist nicht Stefans Stimme. Die Stimme eines fremden Mannes, in ihrem Haus, denkt sie, während sie am Boden liegt, umschlossen von brütender Hitze.

David, Erik, denkt sie, nicht schlafen, nein, nicht jetzt, nicht zu lange, sie versucht, sich voranzubewegen, Zug um Zug, zur Treppe, aber das Geländer hängt schief in den Angeln, und eine Hand hält sie fest. Eine Hand hat sich um ihren rechten Fuß gelegt, eine Hand zieht sie weg, entfernt sie von der Treppe, von David und Erik. Sie sind doch oben, Erik liest, und David sitzt vor dem Computer, beide noch in ihren Badehosen, sie hat einen Wassertropfen gesehen und dann noch einen und zu David gesagt, dass er aufpassen soll und dass der Teppich nass wird, und dann hat sie sich gefragt, warum sie so etwas sagt.

Aus und ein. Eine Hand hat sie umschlossen, ihr Körper ist taub, sie spürt ihre Haut nicht mehr. Sie wird zurückgezogen, weg von der Treppe, über den schmelzenden Boden, ins Freie. Ihr Blick tastet die Fläche ab.

Mitten auf dem Rasen steht Toivo, der Gärtner. Eine Statue des lieben alten Toivo, er steht neben der roten Mähmaschine.

Sie hebt den Kopf und sieht jetzt den fremden Mann, der vom hellen Blau des Himmels umgeben ist, erschöpft sieht er aus, müde, traurig. Er steht vornübergebeugt und atmet tief ein und aus. Ein und aus. Sie versucht das auch, ein und aus, aber es geht nicht. Sie findet den Mechanismus nicht, sie hat vergessen, wie das geht, atmen. Sie muss dem Mann eine Frage stellen. Und noch eine. Und noch eine.

Was machen Sie hier? In unserem Haus? In unserem Garten?

Die Worte kommen nicht, sie bleiben flach und glatt wie Metall auf ihrer Zunge liegen, und der Tag wird grün und kalt, während sie das Bewusstsein verliert.

PETRI

Er steht vornübergebeugt und konzentriert sich darauf zu atmen. Nur noch das, atmen. Die Frau, die er aus dem Haus hinausgeschleift hat, liegt am Boden. Sie scheint zu schlafen. In Sekundenabständen fallen Teile der Hausfassade zu Boden, auf das Gras, in den Pool. Es platscht und zischt, wenn Teile des Hauses ins Wasser des Schwimmbads fallen.

Weiter weg, denkt Petri Grönholm, weg von hier, er sollte sich entfernen und auch die Frau vom Boden aufheben und tragen, ans Ende des Gartens, bis zu dem starr stehenden Mann, dem Gärtner, der neben einem knallroten fahrbaren Rasenmäher steht.

»Hei, hallo, kommen Sie mal, Mann!!?«, ruft Grönholm, aber er weiß nicht, ob der Mann ihn hören kann. Das Feuer ist so laut, und seine Stimme ist heiser, sein Ruf klingt wie ein Flüstern. Er hat nicht die Kraft, die Frau alleine zu tragen, der Mann muss herkommen.

Der Mann nähert sich, langsam, zögerlich, und auch die Sirenen sind jetzt plötzlich deutlich zu hören. Zwei große Fahrzeuge der Feuerwehr kommen ruckartig an der Straße zum Stillstand, rot gekleidete Männer rennen auf das Haus zu, einer schreit Befehle, Petri Grönholm betrachtet die Einsatzkräfte und hört die scharf formulierten Anweisungen des Einsatzleiters, und für Momente denkt er, dass das Feuer gleich gelöscht und alles wieder in Ordnung sein wird. Dann kann auch Kimmo wieder rauskommen.

Denn Kimmo ist noch im Haus. Petri Grönholm hat seinen Schatten gesehen, zwischen den flackernden Flammen, der Schatten hat sich in die Richtung bewegt, in die die Frau gehen wollte, nach oben, ins Obergeschoss des Hauses, über eine Treppe, die keine mehr gewesen ist.

Kimmo

Kimmo Joentaa hangelt sich an dem Geländer entlang, bis er das Gefühl hat, stehen zu können. Der Boden unter seinen Füßen fühlt sich weich wie Watte an, durchlässig, ein Boden, der nicht trägt, aber vielleicht einen Sturz abfedern könnte, und ein Gedanke kristallisiert sich heraus, um zu bleiben, still und fest, direkt hinter der Stirn, Sanna.

Sanna. Das ganze Leben, heute Abend nach Hause kommen, vielleicht darf er mitmachen, wenn die Mädchen kochen, denn das haben sie gesagt, sie wollen das Abendessen kochen, ganz allein, aber vielleicht brauchen sie noch einen Küchengehilfen. Er hangelt sich über Watte einen Flur entlang und sieht sich neben Sanna in der Küche stehen, buntes Obst schälend. Sterben ist langweilig. In einem leeren Türrahmen, umhüllt von Rauch, steht ein Junge, der ihm den Rücken zuwendet.

»Hey«, ruft Joentaa. »Komm, wir müssen raus!«

Raus, raus, denkt Joentaa, Obst schälen, aber der Junge

reagiert nicht. Hinter dem Jungen öffnet sich der Blick in einen Raum, an dessen Wänden Schatten tanzen. Joentaa folgt dem Blick des Jungen, jeder Schatten scheint mit einer Flamme zu verschmelzen, und am Fenster steht ein kleines Bett, in dem ein Affe liegt, neben dem Affen ein schlafendes Kind.

Der Junge will zu dem Affen, zu dem Kind, er tastet sich voran, Schritt für Schritt, in das brennende Zimmer hinein. Dann hält er inne. Duckt sich. Eine Flamme spült ihn mit Wucht zurück auf die Türschwelle, in die Schwebe zwischen dem Zimmer und dem Flur.

Schlafendes Kind, denkt Joentaa.

Jetzt beginnen die Gedanken auseinanderzutreiben, er greift nach dem Jungen im Türrahmen, er ruft nach ihm, greift nach ihm, und dann dreht sich der Junge um, sein Blick begegnet seinen Augen, ein flackernder, wilder Blick.

Joentaa streckt dem Jungen eine Hand entgegen, aber dann ist es der Junge, der seine Hand nimmt. Und Joentaa begreift, dass nicht er den Jungen aus dem Haus hinausführen kann, sondern nur der Junge ihn.

Der Junge geht voran, Joentaa spürt sein Zittern, sein Weinen, der zitternde, weinende Junge hält fest seine Hand, er setzt seine Schritte, als würde er auf einem Schachbrett laufen, er findet Halt auf Flächen ohne Boden, er kennt einen Weg nach draußen. Joentaa denkt an den Affen aus verbranntem Stoff, der im Kinderbett gelegen hat, und er denkt an Sanna, während das Postkartenbild hinter der Feuerwand an Größe gewinnt, ein Himmel, ein Garten, eine freie Fläche, ein Fenster. Die Hand des Jungen löst sich aus seiner.

»Sie müssen springen«, sagt der Junge. Und springt.

Als Kimmo Joentaa einen Schritt auf das Fenster zumacht, sieht er, dass der Ärmel seines T-Shirts Feuer gefangen hat. Er spürt nichts. Er sucht die Rasenfläche nach dem Jungen ab, während er springt, aber der Junge ist nicht mehr da. Der Junge ist weggerannt. Beim Aufprall auf dem Boden fährt ein stechender Schmerz in sein Bein.

Er richtet sich auf, denkt an das Wasser des Schwimmbads, läuft, obwohl eines seiner Beine taub ist. Er denkt an Sanna und daran, dass er ins Wasser springen muss, ins Wasser des Schwimmbads im Garten, und er fragt sich, ob der Junge je da gewesen ist. Ob er wirklich einen Jungen gesehen hat oder einen Schatten.

Dann trifft ihn hart der Sprühstrahl eines Feuerlöschers, ein rot vermummter Mann löscht das Feuer auf der Oberfläche seine Haut. Er liegt am Boden. In einem Postkartenbild.

Hinter den Gärten und den Holzhäusern erstreckt sich weißlich blau der Himmel, und er beginnt unwillkürlich und intuitiv, eine feine Trennlinie zu suchen.

Er tastet die weite Fläche Himmel ab, Zentimeter für Zentimeter, ohne das Meer zu finden.

Leena

Sie schließt die Augen, und als sie sie wieder öffnet, ist der Sommertag verschwunden. Sie tanzt, eng umschlungen, mit einem Tanzpartner, den sie nicht sieht, in einem schwarzen grenzenlosen Raum, zu einer Musik, die keine Melodie findet.

Alles, was anders ist als erwartet

Kimmo

Während das Bild an Schärfe gewinnt und einzelne Elemente langsam zu einem Ganzen zusammenfinden, sitzt er auf einer Pritsche in einem Krankenwagen.

Das Feuer ist gelöscht. Das Haus ausgebrannt. Die Feuerwehrmänner stehen um das Gebäude herum verteilt, geduckt, auf der Hut, als seien sie auf der Suche nach der einen heimlichen Flamme, die noch lodert.

Der Schmerz in seinem Arm und seinem Bein hat nachgelassen, der Arm ist von einem schweigsamen Sanitäter bandagiert worden, er ahnt die Weichheit des Verbands über der taub pochenden Haut. Neben ihm in einem zweiten Krankenwagen liegt Petri Grönholm, in einem dritten wird die Frau versorgt, die Petri aus dem Haus heraus in Sicherheit gebracht hat.

Die Türen der Krankenwagen stehen weit offen, Kimmo Joentaa sieht eine junge Ärztin, die die Frau dazu animiert, durchzuatmen, den Rauch auszuatmen, aber die Frau scheint sie nicht zu hören. Es ist ganz still. Die Frau schläft, denkt Joentaa. Gut so.

Im Zentrum der Rasenfläche, vor dem Schwimmbad im Garten, stehen die Kollegen, Sundström und Heinonen, irgendwie normal und vertraut sehen sie aus, in diesem fremden, grellen Bild. Sie sind in ein Gespräch vertieft, mit einem der Feuerwehrmänner, vermutlich dem Einsatzleiter.

Der gerne zu Scherzen aufgelegte Sundström hört dem Feuerwehrmann ernst und aufmerksam zu. Und Tuomas Heinonen ... ist wirklich wieder da. Seit wenigen Tagen erst, nach langer Zeit. Wie schön das ist, denkt Joentaa. Und wie merkwürdig. Tuomas Heinonen, der sich in seiner Spielsucht zu verlieren schien, ist, nach Jahren, zurückgekehrt, und dem immer gelassenen, stabilen Petri Grönholm ist der Moment entglitten, er liegt im Krankenwagen, mit Brandwunden auf der Haut und umkreist von drängenden Fragen.

Joentaa denkt an Sakari Ekman, an seine Bilder, die an Wänden in drei verschiedenen Häusern hängen. In der Wolken-WG. Im hellen blauen Haus der Ekmans. Und im dunklen blauen Nachbarhaus der Familie Nystad, das vollständig ausgebrannt ist und in dem nie mehr jemand leben wird. Er denkt an die Häuser und an die Bilder und an die Linien, die die Bilder miteinander verbinden, das Meer mit dem Himmel und den Himmel mit gelben Sommerwiesen.

Die Sache mit Emma, hat die Mutter von Sakari Ekman gesagt. Er blickt hinüber zu dem hellen blauen Haus, das unter der Sonne steht. Sakaris Mutter und der kleine rothaarige Junge, Sakaris Bruder, sind nicht zu sehen. Er richtet sich auf, zwingt sich aufzustehen. Er muss noch einmal mit Sakaris Mutter sprechen.

»Moment, Moment«, sagt einer der Sanitäter.

»Ich muss ...«

»Sie müssen nichts, Sie müssen hier sitzen bleiben«, sagt der Sanitäter. Freundlich, aber bestimmt. Im Hintergrund nähert sich Sundström, dynamisch voranschreitend, wie immer. Er überquert die Rasenfläche und kommt zielstrebig auf den Krankenwagen zu. Er hält einen Notizblock und einen Stift in der Hand.

»Wie geht es dir?«, fragt er.

»Gut«, sagt Joentaa.

Sundström lächelt kurz. »Aha. Sieht nicht so aus, aber wenn du das meinst ...«

»In dem Haus hat ... oben ... ein Affe gelegen.«

»Was?«, fragt Sundström.

»Oben, in dem Haus. Da ... schläft ein Affe und ein ...« Joentaa spürt wieder den Schwindel hinter der Stirn, ein weiches Rauschen, so weich wie die Watte, die unter seinen Füßen gewesen ist. Schritt für Schritt.

»Kimmo, wir haben ...«

»Da oben liegt ... neben dem Affen ... ein Kind, wir müssen noch mal ...«

»Kimmo, das Kind ist tot. Es ist mit hoher Wahrscheinlichkeit der kleine Sohn der Familie.«

Sundström blättert in seinen Notizen, und Joentaa denkt, dass diese Notizen nur Fragen enthalten, nicht die Antworten. Die Antworten flattern wie Schmetterlinge in der Luft.

»Erik Nystad«, sagt Sundström. »Vier Jahre alt.«

David

Der Tag liegt vor ihm, eine weite, freie Fläche. Weg, denkt er. Er spürt es mehr, als dass er es denkt. Weg. Weg von hier. Nie wieder stillstehen.

Der Sommer kühlt ihn ab, der helle Tag beruhigt seine Gedanken, hebt sie in die Schwebe. Schwere Gedanken, federleicht. Alles ist zu Ende.

Die Flammen waren rote, gelbe, schwarze Wellen, hohe Wellen, sie haben ihn umschlossen, sie haben ihre heißen Arme auf seine Schultern gelegt, wie Freunde. Falsche Freunde, deren Worte auf falschen Zungen gelegen haben. David hat aufmerksam zugehört und den Weg gesucht, der zu Erik führt.

Er war fast dort, er hat vor dem Raum gestanden, Schritte entfernt, aber der Weg war versperrt, eine der Flammenwellen hat Wache gehalten, an Eriks Bett. Neben Erik hat sein Affe gelegen. Der Affe hat etwas gesagt, Erik hat geschwiegen, und die Flammenwelle hat David in die Höhe gehoben und fortgeschleudert.

Er ist aufgestanden und hat noch einmal den Weg gesucht, der an Eriks Bett führt, aber er hat den anderen Weg, den nach draußen, gefunden. Er ist gesprungen, zurück in den Sommertag.

Ein fremder Mann ist da gewesen, David hat die Hand des Mannes in seiner gespürt und ihm zugerufen, dass er springen muss. Springen. Aber der Mann hat gezögert. Wollte er noch einmal den Weg suchen, der zu Eriks Bett führt? Der Mann hat in Flammen gestanden, sein Hemd hat rot und gelb geflackert.

Dann war David schon auf der anderen Seite des Hauses, er ist an der weißen Garage vorbei auf die Straße gelaufen, in den Vorgärten haben Menschen gestanden, fragende, verängstigte Blicke haben ihn gestreift, während er gelaufen ist. Immer schneller.

Er ist gerannt. Weg von dort. Er ist gerannt, bis die Stadt endete, er ist nicht ein einziges Mal stehen geblieben, er hat geweint, ohne die Tränen auf seinem Gesicht zu spüren, und alles, was er gedacht hat, ist, dass alles kaputt ist. Endlich. Endlich kann daran kein Zweifel mehr bestehen, die Sonne löschen, denkt er. Die Sonne löschen wie ein Feuer.

Jetzt, als das letzte Haus hinter ihm liegt, öffnet die lange Straße den Blick in die Weite. Am Ende, in der Ferne, warten ein Wald und ein See, und der Tag liegt vor ihm, eine leere, freie Fläche, auf der er laufen kann.

Kimmo

Der Sanitäter hat den Verband an seinem Arm geöffnet und trägt eine kühlende weiße Salbe auf, einer der Notärzte drängt darauf, ins Krankenhaus zu fahren, und Sundström spricht Namen aus, die zu Schmetterlingen werden. Gelbe Schmetterlinge, die in der Luft auf und ab tanzen und mit den Flügeln schlagen.

»Erik Nystad, Leena Nystad. Unklar ist der Verbleib eines Sohnes, David Nystad, elf Jahre alt, sowie des Vaters, Stefan Nystad. Und es müsste da eigentlich noch eine ältere Tochter geben, Emma Nyst…«

»Die Sache mit Emma«, sagt Joentaa.

»Was?«, fragt Sundström.

Emma ist ein roter Schmetterling, still steht er in der Luft, umgeben von flatternden gelben.

»Kimmo?«, fragt Sundström.

»Die Sache mit Emma. Das hat Frau Ekman gesagt.«

»Und wer ist Frau Ekman?«

»Im Nachbarhaus. Frau Ekman. Sakaris Mutter.«

Sakari. Blauer Schmetterling. Still schwebt er am Rand des Bildes. So still wie Emma. Zur Hälfte hell-, zur Hälfte dunkelblau.

»Sakari?«, fragt Sundström.

»Sakari. Der Junge aus dem Brunnen.«

Sundström hält inne, kneift die Augen zusammen. »Meinst du … die Sache gestern am Marktplatz? Dieser Ekman? Also der Psychotiker, den Petri …«

»Sakari Ekman. Er war neunzehn Jahre alt, hat allein in einer kleinen Wohnung in der Stadt gelebt, der Wolken-WG.«

»Was?«

»So hat er seine Wohnung genannt.«

»Aha.«

»Aber aufgewachsen ist er hier. Im Nachbarhaus.«

Joentaa betrachtet das blaue Haus. Das eine, das noch steht. Das andere ist wie ausradiert, mit einem dunklen Radiergummi. Dunkle Radiergummis sind schlecht, die schmieren, sagt Sanna immer. Wenn sie ihre bunten Bilder malt.

Joentaa betrachtet das blaue Haus. Hinter dem Fensterglas glaubt er, Sakaris Mutter sehen zu können. Und den Rotschopf des kleinen Jungen. Valtteri. Sakaris kleiner Bruder, der sich an Sakari kaum erinnern kann.

Er steht auf und läuft auf das Haus zu. In seinem rechten Bein spürt er schon wieder ein Kribbeln, alles wird besser, denkt er vage. Jemand ruft etwas, vielleicht Sundström oder einer der Notärzte. Er läuft durch den Garten, über die Terrasse, er klopft an die Scheibe der Terrassentür. Aune Ekman öffnet, der kleine rothaarige Junge, Valtteri, steht neben ihr, ihren Unterarm umschlingend.

»Sie … bluten«, sagt Aune Ekman. In ihren Augen ist ein Flackern. »An der Stirn. Und was ist mit Ihrem Arm …?«

Als Joentaas Blick dem des Jungen begegnet, lächelt er intuitiv, und Valtteri erwidert das Lächeln, für den Bruchteil einer Sekunde. Dann sieht er Joentaa fragend an, und Joentaa hat die Worte auf den Lippen: Alles ist gut, alles in Ordnung. Er schluckt sie hinunter.

»Ich habe eine kleine Tochter«, sagt er stattdessen. »Sanna. Bisschen älter als du, Valtteri.«

»Ja?«

»Ja, ja. Also … wie alt bist du denn?«

»Sechs, aber fast schon sieben«, sagt Valtteri.

»Sanna ist neun, aber fast schon zehn«, sagt Joentaa lächelnd. »Gestern haben zwei Freundinnen bei ihr übernachtet. Sie sind jetzt allein zu Hause, das ist ziemlich neu, und Sanna findet es toll. Ich denke, dass die drei gerade das schöne Wetter zum Baden nutzen. Unser Haus ist ziemlich klein, aber wir haben immerhin einen See direkt vor der Tür.«

Valtteri erwidert sein Lächeln, dieses Mal länger. »Was ist denn … da drüben bei Nystads passiert?«, fragt er.

»Das … wissen wir noch nicht genau«, sagt Joentaa.

»Da … wohnen nämlich zwei Jungen, mit denen ich manchmal Fußball spiele, David und Erik, aber der eine, Erik, ist eigentlich noch viel zu klein, und die Mama von denen will das auch nicht«, sagt Valtteri. »Also, dass wir … zusammen spielen …«

Joentaa nickt. Er spürt wieder Worte auf der Zunge, Fragen, aber sie bleiben unausgesprochen liegen. Die Sache mit Emma. Die Sache mit Sakari. Vielleicht liest Aune Ekman in seinen Augen, denn sie antwortet ungefragt.

»Es hat alles mit Emma zu tun«, sagt sie. »Sie waren

mit dem Motorrad von Stefan unterwegs, Emmas Vater. Emma hat auf der gelben Wiese gelegen. Das hat Sakari immer gesagt, dass Emma, nachdem es passiert war, auf der gelben Wiese gelegen und ihn angesehen hat.«

Joentaa lächelt, weil Valtteri lächelt.

»Es war Sakaris Idee, er ist gefahren«, sagt Aune Ekman. »Ohne Führerschein natürlich. Er war ja erst fünfzehn.«

Sakari

Seine Haare wehen im Fahrtwind, Emmas Lachen übertönt das Dröhnen des Motors, und er beschleunigt, überholt den Sommer, löst sich von der Straße, die sich in Kurven hinunter an den Badestrand schlängelt, der Wasserteppich liegt blau in der Ferne, auf dem Teppich schaukelt die kleine gelbe Fähre auf und ab, die sie auf die nah gelegene Insel bringen wird. Gelb sind auch die Felder links und rechts, die gelben Wiesen, sagt Emma immer, gelbes Gras, sie mag es, weil es nicht stimmt, Gras ist nicht gelb.

Emma mag alles, was anders ist als erwartet.

»Spinnst du?«, hat sie gesagt, als Sakari das Motorrad gestartet und eine erste Runde gedreht hat, ein wenig schwungvoll vielleicht, ein wenig wichtigtuerisch.

»Angeber«, hat sie gesagt und gelächelt.

»Spring auf, wir düsen ans Meer«, hat er geantwortet.

Als sich jetzt das Motorrad vom Asphalt löst, von der vorgegebenen Linie, denkt Sakari, dass sie die Fähre nicht erreichen werden, dass sie zu spät kommen werden. Für Momente fühlt sich der Kontrollverlust gut an, er spürt, während sie fliegen, ein Gurgeln, ein Prusten in seinem Rachen, ein Stechen im Magen.

Und erst Sekunden später die Angst.

Er liegt am Boden, allein. Der Asphalt ist grau. Emma liegt etwas abseits, auf der gelben Wiese. Etwas stimmt nicht. Er kann nicht richtig aufstehen und muss eines seiner Beine hinter sich herziehen, während er sich auf sie zubewegt.

Er sucht ihre Augen, und als er sie findet, sieht sie ihn an. Sie hört aufmerksam zu, als er zu sprechen beginnt. Er sagt ihren Namen. Indem er ihren Namen ausspricht, immer und immer wieder, hält er sie fest, lässt sie nicht los, denn er will, dass sie bleibt.

Das ist alles, was er will, auch dann noch, als andere Leute kommen und hektisch Fragen stellen und das gelbe Bild vor seinen Augen verrutscht und eine durchsichtige Wand in den Himmel ragt und Emma längst gegangen ist.

Stefan

Die Uhr unter dem Fernseher verrät ihm, dass er das Frühstück verschlafen hat. Der Mittag ist schon da. Es dauert einige Sekunden, bis er sich orientieren und das Hotelzimmer, in dem er liegt, zuordnen kann. Esko, der Kopilot, hat versucht, ihn anzurufen, und eine Nachricht hinterlassen. *Sind schon unterwegs Richtung Frankfurt Airport. Du hast die Zeit im Blick?*

Die Zeit im Blick, denkt Stefan. Die Zeit im Blick, so wie er gestern im Kasino in Bad Homburg die Kugel im Blick gehabt hat, die einige Bögen schlug, bevor sie endlich still lag. Er denkt an die anderen Kugeln, an eine ganz andere Zeit, an die gelbe, pinke, blaue Kugel auf der grünen Tischfläche, die blaue Kugel hat er immer besonders gemocht, sie war die wichtigste im Spiel, denn sie hat es exakt in zwei Hälften geteilt.

Das war eine gute Zeit, mit Emma in London, beim *Masters*-Turnier, Emma mit großen Augen, sie hat gefühlte vierundzwanzig Stunden lang täglich gelacht und ein wenig bedenklich mit einem jungen britischen Spieler geflirtet, und er, der junge Finne, ist tatsächlich bis ins Viertelfinale vorgedrungen, als *finnish cool* hat ihn eine Sportzeitschrift bezeichnet.

Er steht auf, rasiert sich, zieht sich an. Streift seine Uniform über wie eine Verkleidung. Damals, in London, hat er auch eine Verkleidung getragen. Einen sportlichen Smoking, schwarz und weiß, er sehe heiß aus in diesem Fummel, hat Emma gesagt und gegrinst, und er denkt, dass ihm Verkleidungen gut stehen, Verkleidungen passen ihm wie angegossen.

Die Dame an der Rezeption verabschiedet ihn freundlich und wünscht ihm lächelnd einen guten Flug, der Taxifahrer, der ihn zum Flughafen bringt, ist redselig und scheint nicht zu begreifen, dass er nur einige Brocken Deutsch versteht. Vielleicht denkt er, dass Flugkapitäne alles können.

In seinem Kopf hängt noch, wie in einer schiefen Ebene, halb drinnen, halb draußen, der Kokain-Rausch des Vorabends. Er fragt sich, ob die Kollegen etwas bemerkt haben. Esko und die Purserette der Flugbegleiterinnen, deren Namen er vergessen hat. Nur vorübergehend, gleich wird er ihm einfallen.

Der Taxifahrer erzählt Geschichten von Menschen, die er durch Frankfurt fährt. Wahrscheinlich wird auch er bald eine Geschichte sein im Fundus des Fahrers. Der wortkarge Pilot. Aus Finnland. Aus dem schönen *Suomi*, sagt der Fahrer und zählt auf Finnisch bis drei. Ja, ja, die Finnen, sagt er. Und dass er inzwischen einer der wenigen deutschen Taxifahrer sei in Deutschland. Ein echter Frankfurter. Kommen ja sonst von überall her, die Taxifahrer. Aus allen möglichen Ländern, das könne ja nicht gut gehen, in Finnland sei die Welt noch in Ordnung. *Suomi not many people. But here to many. So much and so many and all different and so many idiots from so many countries.* Aber das wisse er ja alles, er sei ja überall auf der Welt zu Hause, als Pilot, sagt der Taxifahrer.

Überall auf der Welt zu Hause.

Das ist der Satz, der ihn begleitet, als er das Taxi längst verlassen hat und durch die große Terminal-Halle läuft. Aus weiten Gängen werden schmale und als er am Gate ankommt, ist die Crew schon versammelt, hinter den breiten Fenstern rollen träge die Flugzeuge auf und ab, auf der Startbahn im Hintergrund hievt sich ein Airbus mühsam, mit langsamer Wucht, in den Himmel.

Stefan gibt sich einen Ruck, stellt das Bild, das er sieht, scharf, während er näher tritt, hebt ein Lächeln auf sein Gesicht und klebt es fest an seine Lippen.

»Hei, Stefan«, ruft Esko, der Kopilot.

»Hei, Esko«, sagt Stefan.

Wohlwollende, freundliche Blicke der Flugbegleiterinnen streifen ihn, während er auf Esko zugeht. Die Worte, die er gleich sagen wird, kleben ebenso fest wie das Lächeln an seinen Lippen. O.k., Briefing, denkt er. *Briefing*, was für ein idiotisches Wort.

»O.k., Briefing«, sagt er laut.

»Wir haben ein allein reisendes Kind und einen Schwerbehinderten«, entgegnet die Purserette, deren Namen er vergessen hat.

Er nickt. Intuitiv hält er Ausschau nach dem allein reisenden Kind, das natürlich jetzt, etwa neunzig Minuten vor dem Abflug, noch gar nicht da ist. Der Gedanke an David streift ihn, an Erik. An Leena.

»Stefan?«, fragt Esko.

»Hm?«

»Liisa sagte gerade, dass wir leichte Verspätung haben werden. Stand jetzt, dreißig Minuten.«

»Ah, o.k.« Liisa, natürlich, so heißt die Purserette. Liisa, fast wie Leena.

Liisa, Leena, leichte Verspätung.

Er tastet nach dem Handy, in seiner Hosentasche, nimmt es heraus. Er muss das jetzt sofort machen, kein Aufschub möglich.

»Alles o.k., Stefan?«, fragt Esko.

»Ja, ja, Moment.«

Er betrachtet das Display. *Wo bist du denn heute, Papa?*, hat David in der Nacht gefragt.

Er tippt, mit zitternden Fingern.

Bin gerade am Gate auf einem großen Flughafen in Deutschland, mein Junge.

Seine Finger verharren über dem Text. Da fehlt etwas. Oder alles. Das kann er so nicht senden, das ist Unsinn.

»Stefan?«, fragt Esko.

»Ja, o.k.«, sagt er. Er löscht die Nachricht, lässt das Handy wieder in die Hosentasche gleiten.

»Alles klar?«, fragt Esko.

»Ja, ja. Sagt mir … bitte Bescheid, wenn das allein reisende Kind da ist. Wenn wir Zeit haben … kann ich ihm vielleicht noch schnell das Cockpit zeigen oder so.«

Kimmo

Am Nachmittag sitzen sie im vertrauten Schatten des großen Besprechungsraumes im Polizeigebäude von Turku. Alles scheint normal zu sein.

Das ausgebrannte Haus, in einem blühenden Garten, der kleine Junge mit den roten Haaren, der still neben seinem Rasenmäher verharrende Gärtner, das Wasser im Schwimmbad, in dem sich die Sonne spiegelt, der pochende, wandernde Schmerz in seinem Arm. Der Junge, der ihn durch das Feuer geführt hat. Alles weit weg. So weit, als sei es nicht echt, als sei es nie da gewesen, zu hell, zu heiß und zu still, um wahr zu sein.

Kimmo Joentaa hat Sanna angerufen, die fröhlich klang am anderen Ende der Leitung, im Hintergrund haben Marisa und Paula gelacht. Sannas Stimme ist ganz nah gewesen, ganz unmittelbar, bedingungslos gegenwärtig. Er hat sich vorgestellt, sie zu umarmen, und nichts von dem Feuer erzählt und nichts von dem Affen und nichts von dem Jungen, David, dem er helfen wollte und dem er sein Leben verdankt.

Im Besprechungsraum sitzt Tuomas Heinonen, der so lange gefehlt hat, an seinem alten, angestammten Platz, neben Sundström, der, wie immer, den Blick auf Notizen gesenkt hat, die nur er entziffern kann und deren Inhalt er gleich vortragen wird.

»Ja … das ist alles … noch unübersichtlich«, sagt er und schweigt für eine Weile, bevor er fortfährt. »Petris Zustand ist stabil, er bleibt zur Überwachung bis auf Weiteres im

Krankenhaus. Er wird ohnehin hier nicht mitwirken, solange die interne Sache läuft ... also, solange er selbst Gegenstand einer Ermittlung ist.«

»Kurz dazu eine Frage«, sagt Heinonen. »Wisst ihr ... was da eigentlich passiert ist? Also, ich weiß natürlich, was passiert ist, aber die Umstände, wie es dazu kommen konnte, dass Petri ...«

Ich wohne da nämlich, denkt Joentaa. Das hat Petri gesagt. Petris Wohnung in Sichtweite des Brunnens. Ein Gedanke zuckt auf, um gleich zu verschwimmen, er hat mit dem Balkon von Petri Grönholms Wohnung zu tun, der den Blick auf den Brunnen freigibt. So wie das hellblaue Haus den Blick auf ein dunkelblaues.

»Der Mann hatte ein Messer«, sagt Sundström. »Er hat sich auf Petri zubewegt, plötzlich ... impulsiv. Das ist zumindest der Eindruck, den dieses Handyvideo vermittelt.«

Das Handyvideo. Joentaa denkt an die Nacht. Auch diese Nacht scheint weit weg zu sein, obwohl sie erst Stunden zurückliegt. Er hat neben Petri im Wohnzimmer gesessen, auf dem Bildschirm des Laptops ist das Handyvideo vom Marktplatz abgelaufen. Petri hat es angestarrt, sich selbst beobachtend, jeden seiner Schritte, und geschwiegen.

»Die Sache wird für Petri gut ausgehen«, sagt Sundström, und Joentaa fragt sich, ob *gut* das richtige Wort sein wird.

»Ja ... das hoffe ich wenigstens«, sagt Sundström. »Und um zu unserer Sache hier zu kommen ... wenn ich Kimmo richtig verstanden habe, steht dieser ...« Sundström senkt den Blick auf seine Notizen. »... dieser Sakari Ekman in einem merkwürdigen Zusammenhang mit dem Hausbrand in Naantali.«

»Ja«, sagt Joentaa. »Sakari ist im Nachbarhaus aufgewachsen. Sakari und die Tochter der Nystads, Emma, waren befreundet.«

»Emma …«, murmelt Heinonen.

»Sie ist bei einem Unfall ums Leben gekommen. Sakari hat das Motorrad von Emmas Vater … ja … ausgeliehen, um mit Emma ans Meer zu fahren, und es kam zu dem Unfall. Das ist vier Jahre her, Emma war sechzehn, Sakari fünfzehn.«

Heinonen kneift die Augen zusammen. »Bei mir klingelt da komischerweise was …«, murmelt er.

»Die Frau, Emmas Mutter, Leena Nystad, ist im Krankenhaus und zurzeit nicht bei Bewusstsein«, sagt Sundström. »Mein letzter Stand ist, dass ihr Zustand kritisch ist, sie ist offenbar im Haus gestürzt, bevor Petri sie rausgeholt hat. Sie liegt auf der Intensivstation.«

»Was ist mit dem Vater? Und dem Jungen, der vermisst wird?«

»Ja, der Junge. David Nystad. Elf Jahre alt. Kimmo hat ihn gesehen. Aber er ist weg. Verschwunden.«

Stille breitet sich aus.

»Weg?«, fragt Heinonen.

»Ja«, sagt Sundström.

»Es ist wichtig, nach ihm zu suchen«, sagt Joentaa. »Großflächig. Ist das schon abgesegnet?«

»In Kürze«, entgegnet Sundström. »Natürlich ist der Junge Gegenstand unserer Befragungen in der Nachbarschaft, aber in Kürze, sollte er nicht auftauchen, wird auch eine Suchaktion eingeleitet.«

Joentaa nickt. Er kehrt in Gedanken zurück zu dem Bild des Jungen, der mit sicheren Schritten durch das Haus gelaufen ist, den Flammen ausweichend. Nur der eine Raum, den er unbedingt betreten wollte, war von Feuer verschlossen.

»Er wollte ins Zimmer seines Bruders. Aber es ging nicht«, sagt Joentaa. Er sieht wieder den Affen auf dem Bett liegen. »Es ging nicht, überall waren Flammen«, sagt er.

»Ich verstehe nicht, wie er einfach verschwinden konnte, er muss doch verletzt sein, oder?«, fragt Heinonen. »Und vor allem … warum? Warum ist er verschwunden?«

»Ich weiß nicht«, sagt Joentaa. »Er ist gerannt. Sein Blick war … wild, er wollte einfach weg.« Joentaa schließt die Augen, nach dem Bild des Jungen greifend, der aus dem Fenster gesprungen und sofort losgelaufen ist. »Er wollte weg. Er wollte … Distanz zwischen sich und das Haus legen. Eine große Distanz, zwischen sich und alles andere.«

»Aha«, sagt Sundström.

Joentaa denkt wieder an Petri Grönholms Wohnung, am Marktplatz, vom Balkon aus kann er den Brunnen sehen, das Wasser, die Eiskioske. Er denkt an das blaue Haus, an die Menschen, die darin gelebt haben. Erik Nystad, Leena Nystad, David … Emma …

»Wissen wir inzwischen etwas über den Vater?«, fragt er.

»Ja«, sagt Sundström. »Das Ehepaar ist nicht geschieden, lebt aber in Trennung. Der Mann, Stefan Nystad, ist Pilot und hat eine Wohnung in Helsinki-Vantaa. In unmittelbarer Nähe des Flughafens. Und er ist irgendwie eine schillernde Figur.«

»Was heißt das?«, fragt Joentaa.

»Ja, er ist, wie gesagt, Passagierpilot bei *Finnlines* und hat bis vor einigen Jahren noch eine Art zweite Karriere als … Billardspieler gehabt. Wie heißt das? Moment …«

»Snooker?«, fragt Tuomas Heinonen.

»Hm? Ja, ganz genau, so heißt es.«

»Du willst sagen, dass der Mann Snookerprofi war? Wie heißt er noch mal?«

»Nystad. Stefan«, sagt Sundström.

»Das stimmt«, sagt Heinonen.

»Was?«

»Natürlich, ich hatte das nicht zusammengebracht, dieser Unfall, das ging damals durch die Medien. Stefan Nystad war der beste Snookerspieler in Finnland. Der erste und einzige gute eigentlich. Er hat damals das *Masters* in London fast gewonnen ... das lief jeden Tag stundenlang auf Eurosport.«

»Aha«, sagt Sundström. »Was zum Henker ist Snooker? Muss ich das kennen?«

Joentaa betrachtet Tuomas Heinonen. Wie schön, dass er wieder da ist. Er erinnert sich an die Telefonate, die er mit ihm geführt hat, nachts, als Tuomas in der Suchtklinik auf seinem Bett gesessen hat, mit dem Laptop auf dem Schoß, und durch die Telefonleitung sind die ploppenden Ballwechsel der Tennismatches gedrungen, auf die Tuomas sein Geld gesetzt hat. Oder die Stimmen der Kommentatoren von Fußballländerspielen in Südamerika.

»Nein, Snooker muss man nicht kennen. Aber ich ... kenne das natürlich. Ich habe, ehrlich gesagt, mit Spielen von Stefan Nystad ein paar Euro gewonnen.« Tuomas Heinonen lächelt. »Also, gewonnen ... und dann wieder verloren. Ja, Stefan Nystad. Es gab damals Porträts von ihm in Zeitschriften, aber das ist alles einige Jahre her.«

»Porträts? In Zeitungen?«, fragt Sundström.

»Natürlich ist Snooker eine Nischensportart, aber glaubt mir, man kann da ein Schweinegeld verdienen. Die großen Turniere sind so hoch dotiert wie ATP-Turniere beim Tennis oder Ähnliches.«

»Aha«, sagt Sundström.

»Läuft phasenweise in den Spartenkanälen rauf und runter.«

»Aha. Nun ja …« Sundström strafft sich, setzt sich abrupt aufrecht. »Gut … wie auch immer … das Haus, das Stefan Nystad sich und seiner Familie von seinen Siegprämien oder seinem Pilotengehalt oder beidem gebaut hat, ist abgebrannt. Und Nystad lebt dort ohnehin nicht mehr, er lebt in Helsinki-Vantaa. Er kehrt heute von einem Flug aus Deutschland zurück, wir werden bald wissen …«

»Entschuldigt.«

Joentaa wendet sich Kari Niemi zu, dem Leiter der kriminaltechnischen Abteilung, der den Raum betreten hat. Niemi lächelt, warmherzig, zuversichtlich, wie immer.

»Kari, was gibt's?«, fragt Sundström, und Joentaa denkt, dass Kari Niemi sein Lächeln nie ganz verliert, auch dann nicht, wenn er etwas Trauriges sagen wird.

»Ich war in der Rechtsmedizin, es ist wie befürchtet«, sagt Niemi. »Das Kind konnte inzwischen als Erik Nystad identifiziert werden. Und wir haben Spuren von brandbeschleunigenden Flüssigkeiten gefunden, vermutlich entzündliche Reinigungsmittel.«

»Aha. Das heißt …«, sagt Sundström.

»Brandstiftung«, sagt Niemi. »Sehr wahrscheinlich. Die Brandermittler stehen am Anfang und werden eine Weile brauchen, um den Hergang zu verifizieren.«

»Ist das jetzt Mittag- oder schon Abendessen?«, fragt Marisa.

»Doch egal, Hauptsache, es schmeckt«, sagt Paula.

Sie sitzen am Steg, am Holztisch vor dem See, die Hitze ist so flirrend und warm und weich wie eine Decke, in die Sanna sich einhüllen möchte. Die Pfannkuchen schmecken sehr gut, komisch eigentlich, wenn man bedenkt, dass Marisa den Teig zusammengerührt hat.

»Hei, Sanna gähnt, Sanna schläft gleich ein«, ruft Marisa.

»Das ist ein Nachmittagsessen, unser Restaurant hat immer geöffnet«, sagt Sanna, um von ihrer Müdigkeit abzulenken.

»Wir könnten mal für deinen Papa kochen, ein Menü«, sagt Marisa. »Also … Vorspeise, Hauptgang, Dessert.«

»Und Salat. Und Suppe«, sagt Paula.

Gute Idee, denkt Sanna. Papas Stimme klang weich am Telefon, so weich wie die Sonne. Als sie ihn gefragt hat, ob sie Pfannkuchen machen dürfen, hat er kurz geschwiegen. Dann hat er zugestimmt und gesagt, dass sie kein heißes Öl verwenden und daran denken sollen, den Herd auszuschalten. Das hat er sogar zweimal gesagt, was ungewöhnlich ist.

»Dein Papa ist irgendwie cool«, sagt Marisa lachend. »Ich darf zu Hause noch nicht mal Spaghetti kochen, meine Mutter sagt immer, dass ich die Küche einsauen würde und dass wir dann eine neue kaufen müssten.«

»Hm. Sagt mal«, murmelt Paula. »Haben wir eigentlich die Küche eingesaut?«

Sanna hat die Augen geschlossen, sie spürt, dass sie bald einschlafen wird. Marisa ruft, dass sie erst mal schwimmen gehen sollten.

»Schlafmütze, schwimmen!«, ruft sie. »Jetzt!«

Dann hört Sanna das Platschen und Plätschern, die Ahnung von Wassertropfen auf ihren Armen. Paula und Marisa lachen und rufen ihr etwas zu, und sie denkt an das Chaos in der Küche.

Und daran, dass Papa darüber lächeln wird, wenn er nach Hause kommt.

Kimmo

Am Nachmittag fährt Kimmo Joentaa nach Helsinki. Als er auf dem großen Parkplatz vor dem Terminal steht, ruft er die Ansprechpartnerin der Fluglinie an, die ihn wenige Minuten später in Empfang nimmt, um ihm den Weg zu weisen. Sie geht zügig voran, und er folgt ihr durch leere Gänge, vorbei an den bunt beleuchteten Theken der Mietwagenanbieter.

»Ich habe Stefan darüber informiert, dass Sie … auf ihn warten«, sagt sie, als sie angekommen sind. »Er wird gleich da sein.«

Die Frau verabschiedet sich und entfernt sich, Joentaa hat den Eindruck, dass sie froh darüber ist, sich entfernen zu dürfen, und während sich die breite Tür von Zeit zu Zeit selbsttätig öffnet und wieder schließt und Menschen wortlos an ihm vorübergehen, wartet er auf einen

Mann, den er nicht kennt, er hat nur sein Foto gesehen. Ein Mann, der auf dem Porträtbild, das ihn als Passagierpiloten der Fluglinie *Finnlines* ausweist, gewinnend und offen sympathisch lächelt.

Intuitiv lächelt jetzt auch Kimmo Joentaa, während der Mann auf ihn zukommt, der Mann sieht ihn an, zögerlich, fragend, und Joentaa denkt, dass er nur falsche Antworten haben wird.

Stefan

Seine Gedanken rasen, während er auf den jugendlich wirkenden Mann zugeht, der überraschend harmlos aussieht. Aber er muss derjenige sein, der auf ihn wartet. Ein Mitarbeiter der Kriminalpolizei, hat die Mitarbeiterin der Airline ihm gesagt, kryptisch, weil sie auch nicht mehr wusste, und seitdem rasen seine Gedanken, sie rasen merkwürdig träge und ziellos und beginnen dann doch, ein Ziel anzusteuern, sie beginnen, um das weiße Pulver zu kreisen, das er gestern, im Kasino in Bad Homburg, zu sich genommen hat. Sie haben, vor einigen Minuten, auch begonnen, um die Frage zu kreisen, ob Rückstände in der Seitentasche seines Koffers aufzufinden sein könnten, und er hat einen kleinen Zwischenstopp eingelegt, in der Toilette, um die Seitentasche gründlich auszuwischen.

Der Mann, der ihm gegenübersteht, lächelt traurig und sieht nicht wie ein Polizist aus. Eher wie ein Mann, der ihm milde vom Rauschmittel-Konsum abraten würde, ohne wirklich böse zu sein, wenn er den Ratschlag missachtet.

»Herr Nystad?«, fragt der Mann.

»Ja«, sagt er. »Und Sie …«

»Kimmo Joentaa, von der Kriminalpolizei in Turku.«

Stefan Nystad nickt und spürt vage, wie sich eine weitere schiefe Ebene einzieht in seine Gedanken. Turku. Naantali. Er lebt in Helsinki. Nicht in Naantali bei Turku. Es ist … eine ganze Weile her, seitdem er … in Naantali … gewesen ist.

»Es geht um Ihre Familie«, sagt der unbekannte Polizist, der nicht wie ein Polizist aussieht, und Stefan Nystad registriert, dass der Mann sehr ruhig spricht, seine Worte sehr sorgfältig abwägend, während seine Gedanken sich beschleunigen, und die Worte, die der Mann jetzt ausspricht, eines nach dem anderen, finden zueinander, verdichten sich, ohne Sinn zu ergeben.

Er hat die Seitentasche des Trolleys in der Toilette gründlich gesäubert, bevor er zum Gate gegangen ist. Hat alle Rückstände beseitigt, vermutlich sind gar keine da gewesen. Nichts ist zurückgeblieben. Er hat etwas beseitigt, das nie da war. Er denkt an Erik.

Als Erik zur Welt kam, war er schon weg.

Dem allein reisenden Jungen hat er das Cockpit gezeigt.

Der Junge hat sich höflich bedankt.

Der Polizist, Joentaa, schweigt. Er sieht jetzt nur noch traurig aus, das Lächeln fehlt, aber der Griff, mit dem er Stefan auffängt, als sich plötzlich die Dunkelheit und ein kreisender Schwindel vor seine Augen legen, ist überraschend zupackend und fest.

Die Wohnung von Stefan Nystad befindet sich in einem gläsernen Apartementkomplex in unmittelbarer Nähe des Flughafens, und während Nystad ins Schlafzimmer geht, um sich umzuziehen, denkt Kimmo Joentaa, dass diese Wohnung ihn an Sakaris Wolken-WG erinnert.

Die Wohnung ist wesentlich größer, von Licht durchflutet, die Wände zeigen nicht das Meer und den Himmel, sie sind schneeweiß, es stehen keine Kartons im Zentrum des Raums, die auf blauem Wasser treiben, der Boden ist aus hellem Holz und auffällig sauber. Vielleicht besteht die Verbindung nur darin, dass auch hier ein Mensch alleine lebt.

Die breiten Fenster öffnen den Blick auf die Startbahnen des Flughafens, auf die startenden und landenden Flugzeuge. Eine schmale schwarze Leiter weist den Weg in eine Galerie, die, abgesehen von einem Regal und einem Schreibtisch, leer zu stehen scheint. Unterhalb der Galerie, im Zentrum des großen, hellen Wohnraums, steht ein Billardtisch, auf dem, zu einem peniblen Dreieck geformt, Kugeln in allen Farben liegen. Die weiße liegt auch bereit, ein Queue scheint, gegen die Wand gelehnt, darauf zu warten, dass das Spiel beginnt.

Als Stefan Nystad die Schlafzimmertür öffnet, hat er seine Pilotenuniform abgelegt und trägt ein blaues T-Shirt und eine blaue Sommerhose, in derselben Farbe ist auch sein blauer Rollkoffer. Er hält eine Sonnenbrille in der Hand, betrachtet sie wie etwas Rätselhaftes, wie einen

Fremdkörper, der eine Bedeutung hat, die er noch zuordnen muss. Er steht unsicher, schwankend, scheint das aber nicht zu bemerken. Er kneift die Augen zusammen, betrachtet die Brille in seiner Hand. Dann hebt er den Blick.

»Entschuldigen Sie … dass ich Sie gebeten habe, mit hochzukommen, ich weiß gar nicht … warum …«, sagt er. »Ich kann aber jetzt nach Turku einfacher mit meinem eigenen Wagen fahren …«

»Ich fahre Sie gerne, wenn Sie möchten«, sagt Joentaa.

»Ich bin nicht sicher«, sagt Stefan Nystad. »Ich weiß nicht, ob ich jetzt fahren kann. Ich bin … irgendwie zittrig … vielleicht …«

»Ich fahre Sie«, sagt Joentaa.

Stefan

Während der Fahrt sieht er aus dem Beifahrerfenster, und die Strecke fliegt vorüber wie ein flüchtiges, veränderliches Bild. Die verschiedenen Informationen, die er erhalten hat, finden nicht zueinander, jede für sich bleibt unecht. Vor einer Stunde hat er noch im Cockpit gesessen, neben Esko, müde, aber sicher in seinen Handgriffen und orientiert über die anstehenden Aufgaben, in Wolkennebeln.

Erik ist nicht mehr da, denkt er. Leena nicht bei Bewusstsein. David verschwunden? *Wo bist du denn heute, Papa?* Das ist erst gestern gewesen. Vor nicht einmal einem Tag hat David diese Nachricht geschrieben, und jetzt ist er es, der David diese Frage stellen möchte, aber David ist nicht da, das Handy scheint ausgeschaltet zu sein, er hat die Mailbox erreicht, und die Nachricht, die er geschrieben hat, findet ihren Empfänger nicht.

Der Blitz ist eingeschlagen, denkt er. Der Gedanke scheint etwas Beruhigendes zu haben, er denkt ihn weiter, es ist der Gedanke an ein Gewitter, an ein heftiges Unwetter. Der Blitz ist eingeschlagen in das Haus, in dem er mit Leena, David und Erik gelebt hat. Nein, mit Erik nicht, da ist er schon weg gewesen. Er ist gegangen. Er hat es sich überlegt, er hat diese Entscheidung nicht leichtfertig getroffen. Er hat lange darüber nachgedacht, aber dann, kurz bevor Erik zur Welt kam, ist er gegangen, weil Emma nicht mehr weggehen wollte aus Leenas Augen.

Er hat immer, wenn er mit Leena zusammen war, Emma gesehen, in ihren Augen, ihren Mundwinkeln, in allem, was sie gesagt und verschwiegen hat, in der Stille, die sie geteilt haben, in der Wut, die Leena gegen ihn, aber vor allem gegen sich selbst gerichtet hat, obwohl sie an nichts Schuld trägt, aber Leena hat sich nie verzeihen können, dass sie nicht da gewesen ist, um Sakari vom Motorrad zu schubsen und nach Hause zu schicken.

Er erinnert sich daran, dass er in den Tagen nach seinem Auszug erleichtert war. David hat seine Einladungen, ihn in Helsinki zu besuchen, nie angenommen, und er hat irgendwann darauf verzichtet nachzuhaken, er hat die Stille, die Pause, die eintrat, als angenehm empfunden, Davids Schweigen hat ihm den Raum eröffnet, abzugleiten in die Welt, die seine eigentliche ist, er erinnert sich an die Zeit, zwei Jahre nach Emmas Tod, in der er noch einmal auf der *Snooker World Tour* gespielt hat, vor ausverkauften Rängen, den Blick starr auf die Kugeln gerichtet.

Er denkt an den Tag von Emmas Geburt. Er ist dabei gewesen. In einer neuen, ungewohnten Rolle, hilflos, ohne eine Aufgabe zu haben, ohne der zu sein, auf den alle bauen, den alle um Rat fragen, niemand hat sich für ihn interessiert, und Leenas Schmerzensschreie hat er nicht zuordnen können, ebenso wenig ihr Lächeln später, sie sah aus wie eine andere.

Als Emma dann am Abend in seinen Armen lag, ein überraschend kleines, unbekanntes und gleichzeitig vertrautes Wesen, hat er gewusst, dass er sie liebt, ohne genau zu verstehen, wer sie ist. Als David zur Welt kam, saß er im Cockpit eines Airbus, auf einem Langstreckenflug zwischen New York und Helsinki.

Sie stehen still. Auf einem Parkplatz.

»Wollen wir gehen?«, fragt der Polizist, der keine einzige Frage gestellt hat, der ihn einfach nur begleitet, durch einen Raum, in dem nichts wirklich ist.

Stefan nickt und öffnet die Beifahrertür.

Vor zwei Jahren, in der Nähe von Manchester, hat er noch einmal ein kleineres Turnier gewonnen, die perfekten Linien findend. Daran denkt er vage, während er langsam auf das große weiße Krankenhausgebäude von Turku zugeht.

Sakari

Pat.: Ekman, Sakari; whft. Rannantie 26, Turku/Naantali
Oben Genannter befand sich über das Jahr verteilt für insgesamt vierzehn Wochen in unserer stationären Behandlung.
Diagnosen: psychotische Episoden mit Tendenz zur Chronifizierung

Epikrise: Aufnahme des Patienten auf Basis selbstgefährdenden Verhaltens und aufgrund von Hinweisen der Mutter, Aune E., die den Sohn zunächst vergeblich zu einer ambulanten Therapierung zu überreden versuchte. Als auslösend für die Wucht der aktuellen psychotischen Episode muss der Unfalltod einer engen Freundin des Pat. gelten, in der paranoiden Psychose des Pat. erscheint die Verunfallte als ungewöhnlich stabiler Fixpunkt und potenziell erlösende »Fee des frühen Morgens«. Der Pat. betont immer wieder, durch unsichtbare Wände gehen zu müssen, um zu dieser »Fee« durchzudringen.
Der Pat. verhält sich fassadär und ist darum bemüht, die Patientenrolle von sich zu weisen, die Olanzapineinnahme wurde von ihm nach wenigen Tagen abgebrochen. Ein tagesklinisches Setting wurde seinerseits ebenso abgelehnt wie die angedachte Verlängerung des stationären Aufenthaltes. Eine Unterbringung in einem Projekt für betreutes Wohnen der Stadt Turku ist bereits seit einigen Monaten gewährleistet und wird fortgesetzt.
Medikation bei Entlassung:
Olanzapin 50 mg (vom Pat. abgelehnt)
b.B. 40 mg Truxal 4x/die
Mit freundlichen, kollegialen Grüßen
H. Laine (Assistenzärztin)

Petri

Er lässt das Blatt Papier sinken, schließt die Augen und öffnet sie gleich wieder, weil die Tür zu seinem Zimmer geöffnet wird. Es ist Kimmo.

»Hei, Petri. Wie geht es dir?«, fragt er, und Petri Grönholm sieht die Müdigkeit hinter seinem Lächeln.

»Ganz gut. Ich muss bis morgen bleiben, aber … hier, ich hatte Tuomas Heinonen gebeten, mir die Intranet-Akte von Sakari Ekman auszudrucken … er war vorhin da und hat mir alles gebracht …«

Joentaa sieht ihn fragend an.

»Ich habe hier … den Arztbrief. Dieser Junge … Sakari … war schwer krank.«

»Ich weiß, Petri«, sagt Joentaa.

»Warte … hier … paranoide Psychose. Er war in Trauer, wegen eines Unfalls seiner Freundin.«

»Das ist Emma, die Tochter der Nachbarfamilie.«

»Ja«, sagt Petri Grönholm.

»Ich habe mit Sakaris Mutter gesprochen. Sie hat davon erzählt, dass Sakari schon einige Zeit vor diesem Unfall begonnen hat abzugleiten. Sie vermutet, dass der Unfall den letzten Impuls gegeben hat, danach ist Sakari … in einer anderen Welt verschwunden. Vielleicht in einer, in der Emma noch da gewesen ist.«

»Ja …«, sagt Grönholm. »Aber Kimmo … ich habe das alles nicht gesehen.«

Joentaa greift nach dem Zettel, den Grönholm ihm entgegenstreckt. *Vorläufiger Arztbrief.* Er überfliegt die Zeilen. Sein Blick bleibt auf Worten haften, die unmittelbar in ihn dringen … die Verunfallte … stabiler Fixpunkt … Fee des frühen Morgens …

»Ich habe das alles nicht gesehen«, sagt Grönholm. »Ich habe keinen Jungen gesehen, keine Traurigkeit, keinen erkrankten Menschen, ich habe … gar nichts gesehen, ich habe ein Tier gesehen in dem Brunnen, das da nicht hingehört, ich habe etwas Böses gesehen, das nicht da sein darf, einen … Angreifer, der nicht das Recht hat …«

»Petri … ich denke, dass du jetzt erst mal …«

»Nein, Kimmo, egal, was diese Ermittlung gegen mich zum Ergebnis haben wird. Handeln in Notwehr oder Nothilfe oder was weiß ich, wahrscheinlich zu meinen Gunsten, das weiß ich, aber ich habe den Jungen, der in dem Brunnen stand, nicht gesehen. Und die Krankheit, an der er gelitten hat, habe ich nur als etwas Bedrohliches wahrgenommen, ich wollte damit nichts zu tun haben, und deshalb habe ich dieses … Wesen … dieses fremde Tier … einfach entfernt, weggewischt aus dem Bild, weil ich es konnte, weil es leicht war, weil ich die Macht hatte und das Recht in meiner Hand, und weil ich nicht wollte, dass er mir mein Zuhause wegnimmt.«

Stefan

Leena liegt hinter einer Glaswand auf einem weißen Bett, ihr Körper unter einer Decke verborgen, ihr Gesicht wird von einem Schlauch bedeckt, der in ihren Mund hineinführt.

Die Ärztin, die freundlich gewesen ist und sich Zeit für

ihn genommen hat, hat erklärt, dass sie in ein künstliches Koma versetzt worden sei, aufgrund von Komplikationen, die wenige Stunden nach dem Brand auftraten. Sie hat ihn gefragt, ob er für eine Weile ins Zimmer gehen möchte, aber er hat intuitiv verneint und sich auf einen der weißen Stühle gesetzt, die vor der Wand aus Glas stehen.

Während er Leena betrachtet, hinter dem Glas, denkt er an die Worte, die die Ärztin gesagt hat, Brand und Komplikationen, und dann ruft die Wand aus Glas, die er anstarrt, den Gedanken an Sakari wach und daran, dass Sakari, nachdem er alles kaputt gemacht hatte, einmal von Wänden gesprochen hat, unsichtbaren Wänden, die nur er durchlaufen könne. Ein Tag im Sommer ist das gewesen, Sakari stand ihm gegenüber, im Nachbargarten, das war, kurz bevor Stefan ausgezogen ist.

Der Polizist, Joentaa, hat Sakari während der Fahrt von Helsinki nach Turku erwähnt. Hat ihm eine Frage zu Sakari gestellt, die irgendwie nicht bei ihm ankam, weil schon zu viele Fragen im Raum waren, der Polizist hat gesagt, dass etwas passiert ist, dass Sakari ... nicht mehr lebt und dass er, der Polizist, gerade bei Aune zu Besuch war, im Nachbarhaus, als das Feuer ausbrach.

Er denkt an Aune. Aunes Lachen, Leenas Lachen, mit niemandem hat Leena so gut lachen können wie mit Aune. Er sieht Aune am Tag von Emmas Beerdigung, sie steht draußen, im Freien, außerhalb der kühlen schattigen Trauerhalle, Aune steht traurig im Sonnenlicht, ihr Blick begegnet seinem, und ihr Sohn, der schlaksige Sakari, steht wie ein großer kleiner Junge neben ihr, sein Blick schon entrückt, als sei er ständig dabei, eine Frage zu stellen.

Stefan hat vieles von der Beerdigung sofort vergessen oder gar nicht wahrgenommen, seine Erinnerungen sind vereinzelte Bilder, nur einen Moment kann er sofort greifen und festhalten, als sei er jetzt, es ist der Moment, in dem Aune einen Schritt auf Leena zu gemacht hat, auf dem fein geharkten Kiesweg des Friedhofs, und Leena ist zurückgewichen, wie ein verwundetes, zutiefst verängstigtes Tier.

Er betrachtet Leena, hinter der Wand, und denkt, dass er bald fahren wird, der Polizist hat ihm Hilfe angeboten, aber er hat abgelehnt, er wird bald fahren, ins Hotel. Auf einem weißen Laken liegen, in einem weißen Bett, in einem aufgeräumten Raum, mit Blick auf den Fluss und den Dom. Zwei Minuten Ruhe.

Dann einen Mietwagen nehmen und David suchen. David finden. Und mit Leena sprechen. Alles klären, den Blick nach vorn richten. Vorne ist der Wolkennebel, er sieht ihn durch das Cockpit seines Flugzeugs, er weiß genau, wie er zu fliegen hat, wenn ein Unwetter aufzieht.

Der Polizist hat gesagt, dass nach David gesucht werde, und ihn gefragt, ob er eine Vorstellung davon hat, wo David sein könnte. Er hat nachgedacht. Und verneint. Er weiß nicht, wo David ist. Er hat nicht den Hauch einer Ahnung. Er betrachtet Leena, die zu schlafen scheint.

Er fragt sich, ob er etwas zu sagen haben wird, sobald sie die Augen öffnet.

Leena

Die Wand ist durchsichtig, aber nicht durchlässig.

Das war es, was Sakari immer gemeint hat. Als er vorbeigekommen ist, um mit ihr zu sprechen, ungerührt lächelnd, wenn sie versucht hat, ihn abzuweisen. Emma sei da, auf der Linie zwischen Blau und Blau, hat er dauernd gesagt, als sei ihm eine Erleuchtung gekommen, als wisse er mehr als sie, als seien das große Neuigkeiten, und dann hat sie ihn geschlagen, mit der Faust fest auf seinen Arm und mit der flachen Hand gegen sein Gesicht, und Sakari hat sie so entsetzt angesehen, mit weit aufgerissenen Augen, als sei er ein Opfer.

Das möchte sie auch tun. Die Augen aufreißen, Worte aussprechen, die schnell und laut nach draußen wollen, aber die Wand ist undurchlässig, der Gedanke ohne Form und der Impuls nur ein Flackern in einem Finger ihrer rechten Hand.

Kimmo

Der Abend ist hell und klar, während Kimmo Joentaa nach Hause fährt, aber in der Ferne ist Donnergrollen, Wetterleuchten. Als er den Wagen unter dem Apfelbaum parkt, sieht er schon Sanna unten am Steg sitzen, mit dem Tablet-Computer in den Händen, aber ihren Blick richtet sie konzentriert in die Ferne, auf den See oder auf die Bäume am fernen anderen Ufer oder auf das, was hinter den Bäumen ist.

»Hei, Meisterin«, ruft Kimmo Joentaa, während er über die Wiese hinunterläuft, die Wiese ist grün, nicht gelb, das Gras unter seinen Füßen ist so weich wie der Schwindel hinter seiner Stirn.

»Hei, Papa«, ruft Sanna. »Bei uns ging alles gut. Der Herd ist aus. Wir … haben nur … noch keine Zeit gehabt, die Küche aufzuräumen …«

»Macht gar nichts«, sagt Kimmo lächelnd.

»Marisa und Paula mussten nämlich los … was ist denn mit deinem Arm passiert?«

»Nichts«, sagt Joentaa. »Nichts Schlimmes. Ich … habe mich … im Gegensatz zu euch ein wenig verbrannt …«

»Hast du auch was gekocht?«

»Nein.« Er lacht. Es fühlt sich befreiend an, etwas löst sich. »Nein … ich gehe morgen wieder zum Arzt, dann wird es bald besser.«

»O. k.«, sagt Sanna.

Joentaa setzt sich neben sie auf den Steg.

»Lass die Füße im Wasser baumeln«, sagt Sanna. »Kaltes Wasser hilft gegen Verbrennungen.«

»Stimmt«, sagt Joentaa.

Er zieht seine Schuhe aus, seine Strümpfe. So wie Sakari es gemacht hat, seine Schuhe und Strümpfe sind deutlich zu sehen, am Rand des Handyvideos, das alle abrufen können, es kostet nur zwei Klicks, Sakari sterben zu sehen.

Der Impuls kommt plötzlich, und Sanna lacht hell, als er sie mit beiden Armen umschlingt und fest an sich drückt.

»Achtung, Papa, wir fallen ins Wasser«, ruft sie.

Aber sie fallen nicht, und das Gewitter grollt, ohne näher zu kommen.

»Wir bleiben hier noch sitzen, ja?«, sagt Sanna.

»Klar«, sagt Kimmo Joentaa.

»Wenn wir hier gemütlich sitzen bleiben, müssen wir die Küche nicht aufräumen«, sagt sie.

Stefan

In der Nacht steht er auf und folgt dem Gedanken, der sich Stunden zuvor eingenistet hat, es ist ganz selbstverständlich, er hat, während er durch den weiten Flur zum Aufzug geht und hinunterfährt und die golden beleuchtete Lobby durchquert, das Gefühl, noch nie in seinem Leben so zielstrebig einen Ort angesteuert zu haben. Er tritt ins Freie, warme dunkle Luft umfängt ihn, die nach Sommer, nach Ferien, nach Urlaub riecht, als er sie einatmet, und die Adresse, die er dem Taxifahrer nennt, ist so fremd und vertraut zugleich, dass sie ihm schwer über die Lippen kommt.

Der Taxifahrer fährt ungerührt, schweigsam, im Radio läuft klassische Musik, Stefan Nystad hält sein Smartphone fest umschlossen, wirft von Zeit zu Zeit Seitenblicke auf das Display, das keine Nachrichten signalisiert. Der freundliche Polizist hat ihm seine Nummer gegeben und Stefans notiert und gesagt, dass er sich umgehend melden wird, sobald es etwas Neues gibt, von Leena, von David.

»Oh, verdammt …«, murmelt der Taxifahrer.

Stefans Blick gleitet durch die Scheibe in die sanfte Dämmerung, über den Bootshafen von Naantali, im Wind wehen die Segel der kleinen Schiffe, und die Holzhäuser und die blumigen Gärten sehen aus, wie er sie in Erinnerung hat.

»Sind Sie … sicher, dass die Adresse …«

»Ja«, sagt Stefan Nystad.

Die Brandruine steht rätselhaft unter dem Himmel, wie

etwas, das nicht zu benennen ist, nicht zu definieren, keiner Kategorie zuzuordnen, weil es nicht im Einklang steht. Mit nichts. Von Feuer, von Rot oder Gelb keine Spur, die Nacht, die das Haus umgibt, ist rosa und blau.

»Also … ja, dann sind wir da«, murmelt der Taxifahrer.

»Ja. Stimmt so«, sagt Stefan. »Danke.« Er steigt aus und sieht dem Taxi nach, das sich entfernt, das Motorengeräusch ebbt ab, die Lichter schrumpfen und verschwinden dann ganz.

Stefan geht über die Straße, den Weg entlang, im Wohnzimmer des Nachbarhauses, bei Aune, Magnus und Valtteri, brennt Licht, vielleicht sind Aune und Magnus noch wach. Er spürt für Momente den Impuls, sie zu besuchen, sie zu fragen, wie es ihnen geht. Lange nicht gesehen, denkt er. Dann läuft er weiter, bis zu den gelben Bändern, mit denen sein Haus und sein Garten weiträumig abgesperrt worden sind. *Achtung. Betreten verboten. Einsturzgefahr.* Es ist ein Leichtes, unter den Bändern durchzuschlüpfen.

Er läuft, durch den Garten, zum Schwimmbad, in dem leise das Wasser plätschert. Am Rand des Gartens steht ein weißes Zelt, das hier nicht hingehört, eine Aufschrift weist es als Eigentum einer *Kriminaltechnischen Abteilung* aus. Er darf hier nicht sein, denkt er. Darf nicht in diesem Garten stehen, vor dem Schwimmbad, vor der Fassade des Hauses. Hat das Recht verwirkt.

Er läuft an verkohlten Trümmern vorüber und betritt das Wohnzimmer durch eine klaffende Lücke, in der die Terrassentür gewesen ist. Im Zentrum des großen Raums steht noch das Sofa, im selben rechten Winkel, in dem es immer gestanden hat. Er hört ein Rauschen, wie Wasser, das sich nähert, schnell, es kommt, um zu löschen, aber zu spät, und das Rauschen ist nur ein Bruchteil seiner Gedanken.

Das Bild hängt an der Wand, das helle gelbe, das jetzt dunkel eingefärbt ist, etwa zur Hälfte ganz schwarz. Ein breites Bild, vor dem Leena so oft gestanden hat, abwägend, darüber nachdenkend, ob sie es entfernen oder dort belassen muss. Sie konnte sich nie entscheiden.

»Auf dem Bild ist Emma, sie lebt«, hat sie manchmal gesagt, und Stefan hat genickt, obwohl auf dem Bild nie jemand zu sehen war, nur die gelbe Wiese, so hat Sakari das Bild auch genannt, *Gelbe Wiese*.

Stefan hat es, gemeinsam mit Sakari, aufgehängt, und Emma hat Sakari und ihn aus einigen Metern Entfernung dirigiert, mit klaren Anweisungen, bis es schließlich gerade hing.

»Perfekt«, hat Emma gesagt und gelacht, einige Wochen vor ihrem Tod.

Emma

Blau und Blau, zwei Farben. Die kleine Fähre zeichnet auf ihrem Weg vom Festland zur Insel die Trennlinie auf die Wasserfläche. Was für ein komischer schöner Tag, denkt sie. Sie liegt auf der Seite, hört sich atmen. Ein und aus, zu schnell und zu laut.

Sakaris Gesicht wird ins Bild gehoben, ins fette Himmelblau, von einem Puppenspieler, denkt sie, einem Marionettenspieler. An Sakaris Kopf hängen unsichtbare Fäden, die Finger des Marionettenspielers bewegen sich schnell und wissend, sie senden Impulse aus, die auf Sakaris Gesicht etwas auslösen, vor allem an den Lippen, die sich ruckartig öffnen und schließen. Sie kann nicht hören, was er sagt, aber sie sieht, dass es ihr Name ist, sie liest ihren Namen von seinen Lippen ab.

Während im Hintergrund die Fähre die Insel erreicht und zum Stillstand kommt, denkt sie, dass sie die nächste werden nehmen müssen oder die übernächste, weil sie zu spät sind, und als sie leise zu sprechen beginnt, wundert sie sich darüber, dass sie das Gegenteil von dem sagt, was sie denkt. Zu spät, denkt sie, und sie sagt:

»Es ist zu früh, Sakari. Viel zu früh.«

Der Moment, in dem sie wieder auftaucht

AUNE

Der Morgen ist sonnig blass. Sie nimmt eine Schüssel, befüllt sie mit Milch und Cornflakes und bringt sie Valtteri, der schon wartend am Tisch sitzt, er lässt seine Beine baumeln und lächelt und scheint in Gedanken versunken zu sein, die nichts Bedrängendes haben.

»Danke, Mama«, sagt er, als sie die Schüssel abstellt.

»Gerne, mein Schatz«, entgegnet sie.

Sie betrachtet durch die Terrassentür das Haus im Nachbargarten. Leenas Haus, Stefans Haus. Davids und Eriks Haus, Emmas Haus. Sie weiß nicht, was passiert ist, sie wollte den netten Polizisten gestern nicht fragen, weil Valtteri neben ihr stand, und sie hat, seitdem das Feuer ausgebrochen und gelöscht worden ist, keinen Schritt mehr vor die Tür gemacht. Es geht nicht.

Am Abend hat Magnus aus Stockholm angerufen, und er hat merkwürdig ungerührt gewirkt, fast abwesend, als sie ihm berichtet hat, dass es bei den Nachbarn, bei Leena Nystad und ihren Kindern, gebrannt hat. Und das, was sie ihm eigentlich hätte sagen müssen, hat sie verschwiegen. Es ist verrückt. Vollkommen verrückt. Magnus hat abgelenkt und fahrig gewirkt, während sie ihm von dem Brand erzählt hat, und das, was sie ihm sagen muss, hat sie verschwiegen, weil sie es selbst noch nicht begreift, sie muss erst begreifen lernen, dass Sakari tot ist. Erst dann kann sie es Magnus erzählen.

Vielleicht könnte sie es einfach ungesagt lassen. Magnus hat Sakaris Erkrankung nie begriffen. In der Zeit, in der Sakari begann abzugleiten, wurde Magnus CEO bei einem Start-up-Unternehmen, von dem Aune bis heute nicht begriffen hat, was es eigentlich tut oder herstellt. Wenn sie ihn damals gefragt hat, was genau er da mit seinem Kompagnon, einem Schulfreund, in die Wege leitet, hat er gerne gesagt: »Die digitale Revolution, Aune, die digitale Revolution.«

Sie fragt sich, ob Magnus überhaupt verstehen wird, dass es sein Sohn ist, der nicht mehr lebt, oder ob er schon seit Jahren in der Überzeugung lebt, sein Sohn sei gestorben. Er hat sich so viel Mühe gegeben, ihn zu verleugnen, ihn aus seinen Lebensläufen und seinen Selbstpräsentationen zu eliminieren.

»Wann kommt eigentlich Magnus?«, fragt Valtteri.

»Bald. Er landet um zehn.«

»O. k.«, sagt Valtteri.

Sie sieht Valtteri an, der entspannt wirkt, auch wenn er von Zeit zu Zeit verstohlene Blicke auf das Nachbargrundstück wirft. Vielleicht muss sie Magnus dankbar dafür sein, dass er Sakari aus ihrem Leben verbannt hat, aus ihren Gesprächen. Ihm ist es zu verdanken, dass Valtteri von seinem großen Bruder, der starb, als er drei Jahre alt wurde, nahezu nichts weiß und mich an wenig erinnert, sodass er jetzt am Tisch sitzen und Cornflakes essen kann, ohne um Sakari trauern zu müssen.

»Was machen die da?«, fragt Valtteri.

Sie folgt seinem Blick nach draußen, in Leenas Garten, der

bunt blüht. Weiß bekleidete Mitarbeiter der Polizei stehen am Schwimmbad, in ein konzentriertes Gespräch vertieft.

»Ich weiß nicht, Valtteri. Ich denke, dass sie versuchen … herauszufinden, was passiert ist.«

Valtteri nickt. »Bei David und Erik?«, fragt er.

»Ja, genau.« Herausfinden, was passiert ist, denkt sie.

Ein Schlüssel wird gedreht, im Schloss der Haustür. Sie spürt ein Stechen im Magen, dann steht Magnus im Türrahmen, im glatt gebügelten hellblauen Hemd und Jeans, er stellt seinen grauen Rollkoffer ab.

»Was ist denn da bei Nystads passiert?«, fragt er.

»Hallo«, ruft Valtteri.

»Was … ist denn da los? Das ganze Haus …«

»Ich habe dir doch gestern am Telefon gesagt, dass es gebrannt hat.«

»Ja, ja, aber doch nicht … doch nicht so …«

Er geht zur Terrassentür. Sie beobachtet ihn.

»Das ist … du hättest das deutlicher sagen müssen, das Haus ist komplett … weg. Hast du was von ihnen gehört. Von Leena?«

»Nein«, sagt sie.

»Von Stefan?«

»Nein.«

Magnus starrt hinüber zum Nachbarhaus, und Aune empfindet eine irritierende Genugtuung. Es tut ihr gut, es hellt sie auf, ihn so überrascht zu sehen, so sprachlos.

»Ich habe … gar nicht viel Zeit«, murmelt Magnus, ohne den Blick von dem Bild abzuwenden. Weiß bekleidete Polizisten in Leenas Garten. »Für 11.30 habe ich die Telefonkonferenz mit dem Cloud-Storage-Player aus London terminiert«, sagt Magnus. »Und dann noch das Video-Gespräch mit Linus Lundin«

»Ja«, sagt sie.

Er wendet sich von der Terrassentür ab, strafft sich, als wolle er signalisieren, dass er schon wieder bei sich ist, wieder in der Spur. Das Feuer ist drüben gewesen, auf der anderen Seite. »Ich mache … mich kurz frisch und gehe dann hoch ins Arbeitszimmer. Das … *hole-in-one* hat der Robot übrigens im dritten Versuch gemacht.«

Sie sieht ihn an, spürt ein Lächeln, das schmerzt. »Bitte?«, fragt sie.

»Echt?«, fragt Valtteri.

»Das hole-in-one«, sagt Magnus. »Ich hatte euch doch … Valtteri weiß genau, was ich meine.«

»Ja, Mama, das ist der Roboter … der Golf spielen kann«, sagt Valtteri.

»Das war die Pointe unserer Software-Präsentation. In Stockholm. Der Robot hat auf Basis unseres Produkts mit einem Schlag eingelocht. 175 Meter, ein Schlag, eingelocht. Dafür braucht ein Golfprofi in der Regel eine ganze Karriere.«

Aune nickt. Sie begreift plötzlich, warum Magnus seinem Sohn Sakari nicht mehr in die Augen hat sehen können. Es steht ihr, zum ersten Mal, klar vor Augen. Magnus lebt in einer Welt, in der Maschinen tun, was Menschen nicht können, und er ist es, der die Maschinen programmiert. Glaubt ihr hemdsärmeliger Ehemann, er sei Gott? Und Sakari eine böse Laune seiner Schöpfung?

»Der Jubel war groß, nehme ich an«, sagt sie.

»Was?«

»Der Jubel. Über den erfolgreichen Auftritt eures Roboters.«

Magnus lacht, verunsichert.

»Ich frage mich nur, warum. Wie viele Schläge würdest du denn brauchen? Zehn? Zwanzig?«

»Ich spiele … kein Golf, Aune«, sagt Magnus.

»Ach ja, richtig. Du könntest nicht mal den Schläger gerade halten.«

Magnus glotzt sie an, so heillos verwirrt, dass sie lachen muss. Dann ebbt das Lachen ab, versandet, sie hat Durst.

»Sakari wird nicht mehr kommen«, sagt sie.

»Was?«, fragt er.

»Er ist ja sowieso nur noch ein- oder zweimal im Jahr da gewesen, und wenn ich ihn besucht habe, wurde er böse, aber …«

»Aune, was …«

»Sakari wird nicht mehr kommen. Du kannst unbesorgt sein, er ist weg. Dieses Mal wirklich.«

Kimmo

Am Morgen bewahrheitet sich die Prognose des Arztes, der bandagierte Arm fühlt sich wie ein schwerer, taub brennender Fremdkörper an. Sanna isst ihr Morgenmüsli mit gutem Appetit und hat schon den Badeanzug übergestreift und die Tasche gepackt.

»Du gehst heute noch mal zum Arzt, oder?«, fragt sie.

»Ja, das mache ich.«

»Du tust nämlich so, als wäre alles gut, aber ich sehe deinem Lächeln an, dass du Schmerzen hast.«

»Hm.«

»Stimmt doch, oder?«

»Ja. Aber dass du ein Lächeln lesen kannst, finde ich … sehr gut. Respekt, du Meisterin.«

Jetzt lächelt auch Sanna, und ihr Lächeln ist ganz sicher ein echtes, unverfälschtes.

Wenig später sind sie auf dem Weg zu Marisa, die schon in der Einfahrt vor dem Haus steht, als sie ankommen, Marisa winkt. Sie trägt einen bunten Badeanzug, der genau so aussieht wie der von Sanna.

»Partnerlook«, sagt Joentaa.

»Mhm?«, fragt Sanna.

»Eure Badeanzüge.«

»Ach so, ja klar.« Sie steigt schon aus, rennt zu Marisa, die beiden umarmen sich und beginnen sofort, den Tag zu planen. Marisas Mutter kommt aus dem Haus, auch ihr Lächeln wirkt echt, aber es schwindet, als sie seinen Arm sieht.

»Halb so wild«, sagt Joentaa. »Ist es o. k., wenn ich Sanna am Abend abhole? Ich melde mich, sobald ich Dienstschluss habe …«

»Klar, Kimmo«, sagt sie.

»Perfekt. Bis dann. Bis dann, ihr beiden«, ruft er den Mädchen zu, Sanna hebt einen Arm in die Höhe und wedelt damit, als sei sie Verkehrspolizistin an einer viel befahrenen, mehrspurigen Straßenkreuzung. »Bis dann, Papa«, ruft sie.

Kimmo Joentaa nimmt den Gedanken an ihr Lächeln mit und hält ihn fest, während er über die Landstraße nach Naantali fährt, am Bootshafen ist schon viel los, das Mumiland hat geöffnet, Kinder mit ihren Eltern laufen lachend über den Steg, auf den hellblauen Turm zu, mit dem roten Dach, in dem die Trolle leben. Sanna hat immer die kleine My, das rothaarige Mädchen, am liebsten gemocht, weil die so frech ist.

Er parkt auf Höhe des blauen Hauses der Ekmans.

Während er aussteigt, denkt er, dass es noch blauer aussieht als am Tag zuvor, blauer als Blau, als sei die Farbe des Nachbarhauses hinübergewandert, als seien das helle und das dunkle Blau miteinander verschmolzen. Im Garten der Nystads, vor dem ausgebrannten Holzbungalow, arbeiten schon Kari Niemi und die Mitarbeiter der Brandermittlung und der Kriminaltechnik. Niemi lächelt, als er näher tritt.

»Hei, Kimmo, was macht dein Arm?«, fragt er.

»O.k., denke ich«, sagt Joentaa. Er sieht hinüber zum Haus, glaubt, einen Schatten zu sehen. Der Junge, denkt er. David ist zurückgekommen. »Wart ihr schon drinnen?«, fragt er.

»Nein«, sagt Niemi. »Wir sind gerade gekommen, arbeiten erst mal an der Außenfassade.«

Joentaa nickt. Er läuft, dem Schatten entgegen. Er spürt die Hand des Jungen in seiner, ohne die er das brennende Haus nicht hätte verlassen können. Das Wasser im Schwimmbad ist eine ruhige, blaue Fläche, es hat auch still gelegen, als das Feuer kam. Er läuft über die Terrasse und tritt über die Schwelle ins Wohnzimmer, es ist kühl im Haus, und Stefan Nystad sitzt auf dem Sofa, vor dem breiten Bild, das die Wand fast ganz ausfüllt. Er sieht müde aus.

»Leena war nie sicher, ob sie das Bild abhängen muss oder nicht«, sagt er, ohne den Blick abzuwenden. »Das hat Sakari gemalt. Nach dem Unfall konnte sie Sakari nicht mehr in die Augen sehen, aber das Bild hier … wollte sie behalten.«

Joentaa folgt seinem Blick, und die Stimme in seinem Rücken ist schrill. »Entschuldigen Sie bitte, aber was machen Sie hier?«

Joentaa kennt die Frau, eine junge Mitarbeiterin der Kriminaltechnik, sie steht auf der Schwelle zur Terrasse im Sonnenlicht.

»Das ist Stefan Nystad«, sagt Joentaa.

»Aha«, sagt die junge Frau. »Wer auch immer Sie sind, das Gebäude ist einsturzgefährdet und Gegenstand einer Brandermittlung.« Sie lässt ihren Blick durch den Raum gleiten, die Augen zusammenkneifend. »Haben Sie … haben Sie etwa hier geschlafen?«

Stefan Nystad sieht die Frau an. Dann folgt er ihrem Blick zu der Wolldecke und dem zur Hälfte verbrannten Kissen. Er schweigt. Emma und Sakari leben, denkt Joentaa. Auf einem Bild, auf dem nur eine Wiese und ein Himmel zu sehen sind.

»Hier geschlafen … ja … ich hab's versucht«, sagt Stefan Nystad.

Petri

Am Mittag kommt der Oberarzt, ein freundlicher, recht junger Mann, der Petri Grönholm über das Wundmanagement informiert und ihn nach einer Vorgeschichte bezüglich Herz- oder Lungenproblemen befragt.

»Nein«, sagt Petri Grönholm. »Nicht, dass ich wüsste.« Das Wort hallt nach, Wundmanagement.

»Sie haben Glück gehabt«, sagt der Arzt.

Grönholm sieht ihn fragend an.

»Uns hat vor allem die Verletzung am Oberschenkel Sorgen bereitet, aber wir gehen, Stand jetzt, davon aus, dass sie reversibel ist.«

Der Arzt spricht von einer Beteiligung der Faszien und Nervenenden, die nahezu ausgeschlossen werden konnte, ebenso wie eine generalisierte Immunreaktion des Organismus. Grönholm nickt. Er hört jedes Wort des Arztes merkwürdig klar, obwohl er nicht die geringste Ahnung hat, wovon der Mann eigentlich spricht.

»Ich kann … also dann gehen?«, fragt er, mitten hinein in einen dieser glasklar kryptischen Sätze des Arztes.

Der Arzt lächelt ihn an, und Grönholm fragt sich, ob er gehen oder liegen bleiben möchte. Einfach liegen bleiben, in diesem weißen Bett, im weißen Raum.

»Ich muss wirklich baldmöglichst …«, hört er sich sagen.

»Hm … dann müssten wir tägliche ambulante Kontrollen vereinbaren«, sagt der junge Arzt.

»Ja«, sagt Grönholm.

»Das bedeutet, dass Sie zunächst für die kommenden zwei Wochen Folgetermine bekommen. Und die müssen Sie wirklich einhalten«, sagt der Arzt.

Grönholm nickt. Seine Gedanken schweifen ab, während der Arzt noch weiterspricht, über eine tiefe Dermisbeteiligung, darüber, dass einer Sepsis vorgebeugt werden müsse. Er hört jedes Wort, während seine Gedanken Kurven fahren, abschüssig, einem Ufer entgegen.

Als sich der Arzt verabschiedet, mit aufmunternden letzten Worten und der Zusicherung, die Unterlagen zeitnah fertig zu machen, greift er wieder nach dem Bild, hebt den Laptop vom Abstelltisch und zieht ihn zu sich heran. Das Foto auf dem Display stammt von der Archivseite einer Lokalzeitung, es zeigt einen Notarztwagen an einem Sommertag, der Zeitungsartikel beschreibt nüchtern und sprachlich unbeholfen den Hergang eines Unfalls und die

Folgen. Eine Tote, Emma N. (16). Ein Unfallverursacher, Sakari E. (15). Ein Verfahren wegen fahrlässiger Tötung sei eingeleitet worden, der Beschuldigte unterliege dem Jugendstrafrecht.

Er nimmt das Handy und ruft Kimmo an, erreicht die Mailbox, fragt ihn, ob er Zeit hat, ihn abzuholen. Natürlich wird er Zeit haben, denkt er, während er das Telefon sinken lässt. Kimmo hat immer Zeit, egal, wie beschäftigt er ist, egal, was passiert.

Er hört Nachrichten ab, eine stammt von seinem Kollegen Heinonen, der fragt, wie es ihm geht, eine vom Kollegen Sundström, der ihm rät, die Ohren steifzuhalten, und mitteilt, dass die *Abteilung für innerpolizeiliche Angelegenheiten* auf seinen Wunsch hin von einer Befragung absehe, solange sich Grönholm im Krankenhaus befinde. »Also, bis dann, Petri«, sagt Sundström am Ende, und seine kraftvolle, zupackende Stimme klingt leise nach, während sich Grönholms Gedanken wieder dem jungen Oberarzt nähern, den fremden, glasklaren Worten, die er gesprochen hat.

Reversibel, denkt Grönholm. Reversibel, im Rahmen des Wundmanagements.

Kimmo

Petri steht schon vor dem Krankenhaus in der Sonne, als Kimmo Joentaa ankommt.

Für Momente sieht er den alten Petri, der entspannt steht, von Wärme umfangen, durch nichts aus der Ruhe zu bringen. Aber als er näher kommt, anhält, und als Petri die Beifahrertür öffnet und sich neben ihn setzt, sieht

Kimmo wieder die Angst in seinen Augen und eine Eile, die ihr Ziel sucht.

»Lass uns … da mal hinfahren«, sagt er. »Ich habe im Internet die Stelle recherchiert, das ist bei Naantali.«

Joentaa nickt.

»Ich weiß, wo das ist, ich sag's dir dann«, sagt Grönholm.

Sie fahren schweigend, am Fluss entlang, vorbei am Dom, die Stadt hinter sich lassend.

»Auf die Schnellstraße Richtung Naantali«, murmelt Grönholm.

Die Straße ist breit und leer, der Asphalt hellgrau.

»Hier rechts rein, da geht's zur Fähre«, sagt Grönholm.

Die Straße wird schmaler, kurviger, sie fahren bergauf, dem Himmel entgegen, und dann bergab, im Hintergrund wartet ein schmaler Streifen Meer, und die kleine Fähre ist knallgelb. So gelb wie die Wiese auf Sakaris Bild, so gelb wie die Wiese, die sich auf der linken Seite, hinter der Windschutzscheibe, wie ein Teppich vor ihnen auszubreiten beginnt.

»Das ist es«, sagt Grönholm, und Joentaa verlangsamt die Geschwindigkeit, fährt an den Straßenrand, stoppt den Motor. Unten, etwa einen Kilometer entfernt, setzt sich träge und dröhnend die Fähre in Bewegung, als sie aussteigen.

»Das ist es«, sagt Grönholm noch einmal, er hat den Blick über sein Smartphone gesenkt. »Hier, der Notarztwagen steht genau neben dem Schild.«

Er reicht Joentaa das Handy. Auf dem Foto steht ein Notarztwagen neben einem am Boden liegenden schwarzorangen Motorrad, das klein und schnittig aussieht, wie eine Rennmaschine, vor dem schmalen Streifen Meer und dem Straßenschild. Auf dem Straßenschild ist ein weißes Schiff abgebildet, ein Hinweis auf den nahe gelegenen Fährhafen.

»Hier ist der Unfall passiert«, sagt Grönholm. »Genau hier.« Er geht einige Meter weit über das gelbe, trockene Gras, bleibt stehen, sieht sich um. »Genau hier«, murmelt er.

Joentaa nickt. Ein Gedanke kommt, er nähert sich, breitet sich aus, füllt alles aus, ganz selbstverständlich. Es ist der Gedanke daran, dass es nicht sein darf. Nichts davon darf passieren. Emma darf nicht auf das Motorrad steigen, Sakari darf die Idee nicht haben, und er darf auch nicht zu schnell fahren, darf nicht übermütig werden vor Glück.

»Kimmo?«, fragt Grönholm.

»Hm?«

»Woran denkst du?«

Joentaa sieht Grönholm an, der mitten in der gelben Rasenfläche steht, niemand ist da, kein oranges Motorrad liegt am Boden, kein roter Notarztwagen parkt neben dem Straßenschild, der Wind streicht leise und sanft durch hohe Bäume, und die Fähre schaukelt und schwankt still, auf der anderen Seite des Wassers, am Ufer der Insel.

Sakari darf nicht zu schnell fahren, denkt Joentaa. Nicht zu schnell in die Kurve, Emma muss sich gut festhalten. Gut festalten, und Sanna …

»Ich denke an Sanna«, sagt Joentaa. »Sie schwimmt so gerne, sie springt vom Steg ins Wasser. Ziemlich wild …«

Joentaa lächelt, und Grönholm schweigt.

»Wenn Sanna ins Wasser springt, denke ich immer an den Moment, in dem sie wieder auftaucht«, sagt Joentaa.

»O. k., pass auf, das Software-Update des Autopiloten war keineswegs das Problem«, sagt Magnus Ekman. »Das war ähnlich wie bei dem Unfall in Florida mit Tesla S. Der Anhänger des Lkw wurde von der Software als hohes Schild identifiziert, deshalb …«

»Fälschlicherweise«, sagt Linus Lundin, auf dem Bildschirm, am anderen Ende der Leitung.

»Was?«

»Es war ein Fehler, Magnus. Ein Software-Fehler der Amis.«

»Ja, sicher, ich sage ja auch nicht, dass wir auf Kuschelkurs zu denen gehen sollen, sondern …«

»Ein vollautonomes Fahrzeug, Magnus. Eine Software, die den Namen *Autopilot* wirklich verdient. Ich bin da dran, ich stehe im Kontakt mit Neville, der im Herbst seine Professur in England antritt. Ich glaube an diesen Mann, und den hat momentan weder *Google* noch sonst wer am Haken, das heißt, wir könnten …«

»Warte mal«, sagt Magnus Ekman.

Er lauscht. Unten hat es an der Tür geklingelt. Er hört leise Valtteris Stimme. Valtteri hat die Tür geöffnet und spricht, er kann die Stimme des Besuchers nicht hören.

»Magnus, ich will doch nur sagen, dass wir in diesen Markt einsteigen könnten, gemütlich von der Seite kommend gewissermaßen, ohne Risiken, mit einem Entwickler, der die Schwächen der gängigen Prototypen schon vor Monaten vorhergesehen hat …«

»Ja, warte kurz, ja?«, sagt Magnus. Ohne Risiken, denkt er.

Er hört nichts mehr. Linus Lundin am anderen Ende der Leitung schweigt ebenso wie Valtteri und der unbekannte Besucher unten. Auch Aune schweigt. Es ist ganz still.

»Magnus, ich habe mir den Termin mühsam freigeschaufelt, ich sitze hier und denke, dass wir … also, o. k., du weißt, dass *Google* seit Langem davon spricht, dass, unabhängig von der Navigations-Software, die selbstständige Erfassung und Interpretation der Umgebung unerlässlich ist für die Funktionalität eines Systems, das selbstfahrende Fahrzeuge im Sinne des hochautomatisierten …«

»Moment, bitte«, sagt Magnus Ekman. Selbstfahrend, denkt er. Selbstfahrend.

Er steht auf, sein Blick streift Linus Lundin auf dem Bildschirm des Notebooks, Lundin, der vor der Kulisse Stockholms sitzt, er hat schon oft mit Lundin auf diese Weise kommuniziert, aber zum ersten Mal fällt ihm auf, dass der Schwede seinen Bildschirm penibel auf die *Gamla stan* und einen Zipfel des königlichen Schlosses von Stockholm ausgerichtet hat.

»Magnus, jetzt lass uns doch mal …«, sagt Lundin. Die Stimme ist blechern und leise und ohne Belang, und unten wird geschwiegen.

Magnus öffnet die Tür und läuft über den Flur und denkt an ein selbstfahrendes Motorrad, dessen Autopilot seinen Namen verdient, während er die Treppe hinuntergeht.

Im Türrahmen steht Stefan Nystad.

»Papa, Besuch«, sagt Valtteri.

Er nickt. Dann schaltet sich ein Programm ein. In

seinem Kopf, hinter der Stirn, Autopilot, denkt er vage, während er schon spricht. »Stefan, komm doch rein, wir haben uns ja lange nicht gesehen.« Sein Blick sucht die Umgebung nach Aune ab, Aune steht hinter dem Fenster, draußen im Garten, trockene, aber bunte Blumen betrachtend.

»Valtteri, sag doch Mama schnell, dass Besuch da ist«, sagt er.

Valtteri rennt, mit seinen kleinen Trippelschritten, oben sitzt wartend Lundin auf dem Display, vor der Kulisse von Stockholm, und er spürt, dass er Stefan Nystad nicht in die Augen sehen kann. Er muss zurück zu Lundin, zurück zum selbstfahrenden Motorrad.

»Hallo, Stefan«, sagt Aune in seinem Rücken. Liebevoll, vorwurfsvoll.

Sie sind ja alle befreundet gewesen. Beide Familien. Gute Nachbarschaft. Mehr als das. Freundschaft. Jahrelang, in irgendeiner anderen Zeit. Aune mit Leena, er selbst mit Stefan, Emma mit Sakari. Sakari spielt Fußball, Emma singt, Aune und Leena unterhalten sich angeregt und lachend, und er, junger Start-up-Unternehmer, hat es genossen, sich zu Stefan Nystads Freunden zählen zu dürfen. Grillabende im Sommer. Der kleine David kickt mit dem großen Sakari, Valtteri liegt im Kinderwagen. Lange her.

Er kann sich nicht erinnern, Stefan seit dem Unfall ein einziges Mal gesehen zu haben. Seine Stimme klingt anders, als er sie in Erinnerung hat.

»Ich wollte euch sagen … Leena ist im Krankenhaus, aber noch nicht bei Bewusstsein«, sagt er. »… ich gebe euch da gerne Bescheid … wenn ich was höre …«

»Ja. Ja … mach das«, sagt Aune. Ihre Stimme bricht.

Magnus Ekman hebt den Blick, er sieht, dass Stefan noch etwas sagen möchte. Aber er schweigt und wendet sich ab. Er geht. Der Rahmen der Haustür ist leer.

»Wer war das?«, fragt Valtteri.

»Das war der Papa von drüben«, sagt Aune.

»Oh«, sagt Valtteri.

Aune nickt.

»Dann … ist das aber irgendwie komisch …«, sagt Valtteri.

»Was denn, mein Schatz?«, fragt Aune.

»Dass er gar nicht gesagt hat … ob David und Erik auch im Krankenhaus sind.«

Kimmo

Am Nachmittag, nachdem er Petri nach Hause gefahren hat und im Krankenhaus sein Arm frisch verbunden worden ist, läuft er durch die große Eingangshalle des Polizeigebäudes und fährt mit dem Aufzug nach oben, er läuft über den Flur zum Besprechungsraum, der im flirrenden Schatten liegt und noch leer und still ist.

Er setzt sich an seinen Platz, sieht durch die Fenster auf den Dom von Turku und spürt, dass die Schmerzen in der Schulter, im oberen rechten Arm, langsam schleichend abnehmen. Es ist schön, dass er das am Abend Sanna erzählen kann. Dass es langsam besser wird.

»Hei, Kimmo«, sagt Sundström, der schwungvoll den Raum betreten hat, zielstrebig steuert er seinen Platz am Kopf des Tisches an, auch Tuomas Heinonen murmelt einen Gruß, und Kari Niemi trägt lächelnd einen Laptop unter dem einen und eine Klarsichtfolie mit Beweismitteln unter dem anderen Arm. Er ist in Begleitung der jungen Brandermittlerin, die am Morgen Stefan Nystad dazu aufgefordert hat, sein eigenes Haus zu verlassen.

»Ja, hallo zusammen«, sagt Sundström. »Gleich zu Beginn, wir wissen nicht, wo der Junge ist. David Nystad. Die Suche wird ausgeweitet, wir haben Helikopter im Einsatz, aber das Waldgebiet rund um Naantali ist riesig. Befragungen in der Nachbarschaft und auch bei Schulkameraden und Bekannten der Familie sind bislang ergebnislos. Aber Kari kann uns etwas über die Ermittlung am Brandort sagen.«

Niemi lächelt. »Ja, zumindest ein wenig. Vor allem Anna Lehto kann eine erste Einschätzung abgeben, sie leitet die Brandermittlung vor Ort. Ich möchte kurz vorausschicken, dass wir die Festplatte des Computers im Haus der Nystads sichern und wiederherstellen konnten. Der Internetverlauf wurde gelöscht, aber wir sind dabei, ihn zu rekonstruieren. Das zuletzt bearbeitete Dokument ist in jedem Fall eine Seite, die ich euch zeigen kann … Moment.« Kari Niemi hat den Laptop geöffnet und tippt eine Adresse ein, dann dreht er das Gerät um, sodass alle die Seite sehen können. »Eine Gedenkseite«, sagt er. »Für die verstorbene Tochter, Emma Nystad.«

Joentaa steht auf, läuft, tritt näher heran. Flimmernde Bilder, denkt er. Petri Grönholm eine schwarze Silhouette, im Brunnen, mit einer Waffe im Anschlag; Sakari ein heller Schatten zwischen kleinen Wasserfällen, ein Schatten, der ein Messer in den Händen hält; ein oranges und schwarzes Motorrad, das auf einer schmalen, grauen Straße liegt, im Sonnenlicht; eine Ermittlung, die sich auf Bildschirmen und Displays abspielt, hinter Wänden, eine Suche nach etwas, das sich nicht greifen lässt. Von Wänden, unsichtbaren Wänden hat auch Sakari gesprochen.

Auf dem Display des Laptops ist Emma, ein schönes Foto, Emma lacht hell und hemmungslos. Die Fee des frühen Morgens, denkt Kimmo Joentaa. Über dem Foto steht: *Gedenkseite für Emma Nystad.* Neben der Schrift, über dem Foto, flattern kleine gelbe Schmetterlinge.

Kimmo Joentaa betrachtet das Bild, während Kari Niemi und die Brandermittlerin ihre Erkenntnisse vortragen. Ihre Stimmen vermengen sich mit den Worten, die Leena Nystad geschrieben hat, unter das Foto. Gelb auf blauem Grund. Gelbe Schmetterlinge … *geboren am …, vorausgegangen am … Emma war 16 Jahre alt und in gro ßer Vorfreude auf ihren 17. Geburtstag, als sie UNVERSCHULDET bei einem Verkehrsunfall ums Leben kam. Wir vermissen Dich. Vermissen Dich. Vermissen Dich.*

Die Worte beginnen zu kreisen, und Joentaa hat das Gefühl, die Stimme von Leena Nystad hören zu können, laut und deutlich, obwohl er mit ihr noch nie gesprochen hat. Die Stimme ist ganz nah, sie übertönt die anderen Stimmen, die von Kari Niemi und Anna Lehto, die die ersten Ergebnisse der Brandermittlung vortragen.

Die Kinder …, hört er vage.

»Was?«, fragt er.

»Wie gesagt, es sind nur erste denkbare Szenarien«, sagt Anna Lehto. »Aber die Art und Weise, wie der Brandbeschleuniger im Haus und auch außerhalb, an der Fassade, verteilt wurde, lässt auf ein willkürliches, fast spielerisches Vorgehen schließen.«

Joentaa betrachtet die junge Brandermittlerin mit dem immer ernsten Gesichtsausdruck, aus deren Mund das Wort *spielerisch* fremd klingt.

»Das heißt …«

»Wie gesagt, ein denkbares Szenario ist, dass die Kinder, will sagen, insbesondere der ältere der beiden Jungen, David Nystad, mit brennbaren Flüssigkeiten herumgespielt haben könnten.«

Joentaa kneift die Augen zusammen. Er denkt an David, er steht neben ihm, umschlossen von brodelnden Flammen, David kennt den Weg nach draußen …

»Das ist eine erste Hypothese«, sagt Anna Lehto.

»Das könnte auch sein Verschwinden erklären«, sagt Heinonen. »Er versteckt sich, weil er weiß, was er angerichtet hat.«

»Hm«, sagt Sundström.

»Das wird immerhin dazu führen, dass die Suche intensiviert wird«, sagt Heinonen.

»Hm?«, fragt Sundström.

»Wenn der Junge im Verdacht steht, etwas mit dem Brand und dem Tod seines kleinen Bruders zu tun zu haben, werden wir in Kürze mehr Mittel und Kräfte für die Suche bewilligt bekommen«, sagt Heinonen.

»Hm. Ja«, sagt Sundström. »Es gibt aber noch eine zweite Hypothese. Meiner Meinung nach.«

Joentaa hebt den Blick.

»Sakari Ekman. Im Nachbarhaus aufgewachsen, Kindergartenfreund der Tochter, bis zu dem Tag, an dem er sie zu Tode fährt.«

Zu Tode fährt, denkt Joentaa. Falsche Worte, unsichtbare Wände.

»Am Tag vor dem Brand steht er nackt mit einem Messer in einem Brunnen, wirrer, durchgeknallter und aggressiver denn je.«

Joentaa schüttelt intuitiv den Kopf, ohne den Blick von Sundström abzuwenden.

»Vielleicht hat er einen Austicker gehabt, hat bei den Nystads vorbeigeschaut, bevor er zum Marktplatz marschiert und nackt in diesen Brunnen gestiegen ist … ist es denkbar, dass die Brandbeschleuniger schon am Vortag im und am Haus verteilt worden sind?«

Anna Lehto zögert. »Denkbar … wie gesagt, aufgrund der Hitzewelle und Trockenheit könnte ein Funke genügt haben, um das Feuer zu entfachen. Wenn dann niemand da ist, um zeitig entgegenzuwirken …«

Zeitig entgegenwirken, denkt Joentaa.

»Vielleicht hatte dieser … Sakari Ekman auch einen Helfer, irgendeinen anderen Spinner, der gemeinsam mit ihm …«

»Sakari Ekman war kein Spinner, sondern litt an einer Erkrankung«, murmelt Joentaa.

»Was?«, fragt Sundström.

Joentaas Blick fliegt über die Zeilen, die Leena Nystad geschrieben hat, gelbe Worte, Worte in der Farbe der Schmetterlinge. *Wir vermissen Dich.* Er muss Sanna auffangen, wenn sie ins Wasser springt, denkt er, das Wasser ist zu tief und zu blau.

»O. k., Kimmo ist abgelenkt«, sagt Sundström. »Und wir haben, wie gesagt, immerhin zwei Hypothesen, mit denen wir …«

»Hypothesen, ja. Sicher bin ich mir nicht«, sagt die Brandermittlerin. Es klingt, als würde sie das selten sagen.

Feuer und Wasser

Stefan

Irgendwann fährt er los, um nach David zu suchen. Er findet ihn in jedem Gesicht, an jeder Straßenecke, an Ampeln stehend, Straßen überquerend, er sieht ihn überall, weil er intuitiv spürt, dass er ihn tatsächlich niemals finden wird.

Er steuert einen Parkplatz an, auf einer leeren Schnellstraße, auf einer Bank zwischen Bäumen isst ein junges Pärchen mit gutem Appetit aus einem Picknickkorb. Stefan lässt seinen Blick auf den beiden ruhen. Ein Junge und ein Mädchen. Sie lachen viel, lachen mehr, als dass sie miteinander sprechen.

Lachen, gemeinsam mit Leena. Der Teppich, auf dem die weiße Kugel mit der schwarzen und der roten kollidiert, ist dunkelgrün. Acht Punkte. Ein Century-Break, ein Turniersieg in Wales, ein Siegerscheck über 250 000 Euro. Leena lacht, sie versteht es nicht, sie versteht nicht mal die Regeln des Spiels, das er spielt.

Sie ist mit Emma schwanger. Emma noch nicht geboren, David ein ferner Gedanke, den Leena äußert, beiläufig, lächelnd, an dem Abend, an dem Emma schließlich geboren wird. Ein Mädchen und ein Junge, sagt sie. Stefan nickt abwesend. In den Tagen vor der Geburt hat er ein

Turnier in Manchester gespielt und dann noch schnell ein Flugzeug nach Spanien und zurück geflogen.

Als er im Krankenhaus ankommt, liegt Leena in Wehen, und die Fluglinie wirbt mit ihm, ihrem prominentesten Piloten, in einem TV-Spot, der im Wartezimmer auf zwei Fernsehern flimmert, als er Getränke aus einem Automaten zieht. Er sieht sich selbst, in der Pilotenuniform, mit einem Snooker-Queue in der Hand und einem albernen Lächeln im Gesicht, während im Nebenzimmer Leena ohrenbetäubend schreit und Emma zur Welt bringt.

Als er zurückkehrt, mit zwei Flaschen Limonade, hebt eine Schwester Emma in seine Arme und führt ihn in einen Nebenraum. »Wir müssen uns kurz um Ihre Frau kümmern«, sagt sie, angespannt lächelnd, und dann steht er allein in einem weißen Zimmer, Emma ist in weiße Laken gehüllt und kleiner als ein Haustier. Er hat das Gefühl, dass sie nicht atmet, aber das macht ihm keine Angst, er atmet ja selbst nicht. Nicht atmen, denkt er. Nicht denken.

Er betrachtet das Mädchen, das lacht, während es einen Apfel aus dem Picknickkorb hebt. Das Mädchen schneidet den Apfel in Stücke und reicht einige dem Jungen. Beide essen, beide lachen, sie wechseln ein paar Worte, die er leise hört, bevor sie verhallen.

An dem Tag, an dem Sakari das Motorrad genommen hat, um mit Emma ans Meer zu fahren, hat Stefan ein Flugzeug nach Amsterdam geflogen. Auch damals ist Leena im Krankenhaus gewesen, am Abend, zur Beobachtung, infolge eines Nervenzusammenbruchs. Die Erinnerung dreht und wendet sich in seinem Kopf, ein schiefes Bild in einer schiefen Ebene, Leena im Krankenhaus, er in Amsterdam. Wo ist David?

David ist nicht hier, nicht jetzt, nicht damals.

Die beiden, der Junge und das Mädchen, beenden ihr Picknick. Sie steigen auf eine schmale Vespa, der Junge verschaltet sich beim Anfahren, sie tuckern langsam davon, und Stefan weiß jetzt, was er Leena fragen wird, sobald sie erwacht. Zwei Fragen nur.

Er wird sie fragen, wo David war, am Abend des Tages, an dem Sakari das Motorrad genommen hat. Um mit Emma ans Meer zu fahren. Und ob die beiden einen Picknickkorb dabeihatten.

David

An dem Tag, an dem Sakari das Motorrad genommen hat, um mit Emma ans Meer zu fahren, hat David mit Freunden aus seiner Klasse Fußball gespielt, auf dem Bolzplatz, nicht weit von zu Hause.

Es sind seine ersten Sommerferien, wenn der Sommer zu Ende ist, wird David in die 2. Klasse kommen, aber das ist weit weg, jetzt steht der warme Tag noch still, und nur das Spiel schreitet voran.

David ist Torwart, er spielt mit Johann und Teemu, zwei Jungen aus seiner Klasse, in einer Mannschaft, und sie liegen vorn. 7:4. Die Mannschaft, die als erste zehn Tore erzielt, gewinnt, das Gras ist holprig und brüchig, mehr Sand als Rasen, und bei einem Hechtsprung, mit dem er ein Gegentor verhindert, schlägt David sich das Knie auf.

Du bist ein Klasse-Keeper, sagt Sakari immer, wenn sie im Garten kicken. Sakari ist seit einiger Zeit sein Torwart-Trainer, eigentlich ist er ja Emmas Freund, aber eben auch sein Torwart-Trainer. Sakari lässt ihn nach links und nach rechts hechten und schießt immer genau so fest, dass er gerade noch an den Ball herankommt. *Super, David,* ruft er dann.

Davids Mannschaft gewinnt 10:7. Er läuft mit Teemu und Johann nach Hause, für einige Minuten haben sie denselben Heimweg und diskutieren angeregt das erfolgreiche Spiel, dann verabschiedet sich Johann und dann Teemu. *Bis morgen, David,* rufen beide. David läuft, den Ball vor sich her kickend, nach Hause.

Als er ankommt, fährt ein weißer, blauer Wagen vorüber. Er hebt intuitiv den Blick und denkt, dass Polizeiautos nicht zu übersehen sind. Polizeiautos fallen immer ins Auge, es muss an den Farben liegen oder an dem Schriftzug, der an diesen Autos prangt, oder an den Sirenen, aber dieses Polizeiauto fährt lautlos, die Sirene schweigt, auf dem Fahrersitz erkennt David einen Polizisten in Uniform, der sehr ernst aussieht, und auf dem Rücksitz, das versteht er nicht, sitzt Mama.

Er sieht dem Wagen nach. Fragt sich, ob er sich das eingebildet hat. Es ergibt keinen Sinn, dass Mama auf dem Rücksitz dieses Polizeiautos sitzt. Mit einem starren, in die Ferne gerichteten Blick.

Er geht weiter, die Straße entlang, bei Sakaris Eltern im Nachbargarten steht ein Rasensprenger, der Fontänen über die Beete wirft. Dann steht er vor der Einfahrt zum Haus und hält Ausschau nach Mama, weil er sich inzwischen sicher ist, dass er sich getäuscht haben muss. Mama hat nicht auf dem Rücksitz des Polizeiwagens gesessen. Sie ist hier, zu Hause, vermutlich sitzt sie auf der Terrasse im Garten, dort hat sie gesessen, als David losgelaufen ist, zum Fußballplatz, einen schnellen Gruß rufend.

Er läuft durch den Garten zur Terrasse, auf dem Liegestuhl liegt die Zeitschrift, die Mama gelesen hat. Die Karaffe mit der Zitronenlimonade steht auf dem Tisch. Das ist die Limonade, die Emma und Sakari gemacht haben, kurz bevor er gegangen ist. Stilles Wasser, Zitronensaft, Zucker. Sakari hat laut gelacht, er wirkte irgendwie betrunken, so wirkt er manchmal.

David gießt sich ein Glas Limonade ein und läuft durchs Haus. Er lauscht, in der Erwartung, gleich Sakaris lautes Lachen zu hören oder Emmas Kichern, aber niemand ist da. Emma nicht, Sakari nicht. Und Mama hat auf dem Rücksitz des Polizeiwagens gesessen.

Er läuft zurück in den Garten, ins Warme, ums Haus herum. Etwas fehlt, und es dauert eine Weile, bis David begreift, was es ist. Es ist das Schwarz und das Orange. Papas Motorrad, das neben dem Schuppen mit den Gartengeräten prall glänzend in der Sonne stehen müsste, fehlt. David lässt sein Glas sinken. Der Geschmack von Zitrone auf der Zunge. Der Geschmack ist ganz klar, David spürt bewusst diese Unmissverständlichkeit, dieses Eindeutige, weil er alles andere nicht versteht.

Es ergibt keinen Sinn, dass Papas Motorrad weg ist, denn Papa ist nicht da, um mit dem Motorrad zu fahren. Papa ist nach Amsterdam geflogen, morgen oder übermorgen kommt er zurück. Davids Blick sucht die Umgebung nach dem Motorrad ab, aber er findet nur den Rasensprenger, im Nachbargarten. Das Motorrad fehlt, Mama fehlt. Der Tag steht noch stiller als vorhin, beim Fußballspielen. Dann kommt, ganz plötzlich, der Moment, in dem aus Verwunderung Angst wird.

Er geht zurück zum Haus, am Schwimmbad vorbei, in dem weißlich blau das Wasser flimmert. Wenn er jetzt hineinfällt, wird er nicht wieder auftauchen, denkt er. Er wird sich … einfach auflösen. Es wird sein, als sei er nie da gewesen.

Im Wohnzimmer setzt er sich auf das Sofa und beginnt zu warten, obwohl er jetzt ganz sicher ist, dass er allein bleiben wird, niemand wird zurückkommen. Er wartet, im Moment gefangen.

Irgendwann schläft er ein. Er erwacht, viel später, weil Mamas Weinen seinen Schlaf durchdringt, es ist dunkel. Mama steht, gestützt von einem uniformierten Polizisten, im Flur, den Kopf gesenkt, heftig zitternd.

»Da ist ein Junge im Wohnzimmer. Ist das Ihr Sohn?«, fragt der Polizist.

David richtet sich auf. Der Geschmack von Zitrone auf seiner Zunge ist merkwürdig klar an die Gewissheit geknüpft, dass er seine große Schwester Emma nie wieder lachen hören wird.

Petri

Die Klinik für Psychotherapie und Psychiatrie ist ein weißes dreistöckiges, von einem weiten Park umgebenes Gebäude. Petri Grönholm meldet sich bei einer jungen Frau am Empfang an, und während der Aufzug ihn ins zweite Stockwerk hebt, denkt er darüber nach, wie es wäre zu bleiben. Zu schlafen. Im Park, an den Bäumen entlang, spazieren zu gehen. Von Baum zu Baum.

Die Station 3 ist hell, durch ein breites Fenster, gleich neben dem Aufzug, scheint das Sonnenlicht herein. Ein Mann mittleren Alters kommt ihm entgegen, er hat kurze

Haare, trägt eine Brille und lächelt auf eine Weise, die Grönholm sofort sympathisch findet. Er trägt Jeans und einen dunkelblauen Pullover.

»Herr Grönholm?«, fragt er.

»Ja genau.«

»Ich bin Mark Edberg. Ich bin hier Oberarzt, habe also auch Sakari betreut. Sie möchten doch über Sakari sprechen.«

»Ja. Richtig«, sagt Grönholm.

»Kommen Sie«, sagt Edberg. Er geht voran, den hellen Gang entlang, und öffnet die Tür zu einem Büro.

»Bitte«, sagt Edberg und deutet auf eine Sitzecke, die gemütlich aussieht. Ein Sofa und zwei Sessel. Grönholm setzt sich auf das Sofa, Edberg gießt Mineralwasser in zwei Gläser.

»Was möchten Sie wissen?«, fragt Edberg, und Grönholm schweigt. Er greift nach dem Glas, hebt es zum Mund. Das Wasser schmeckt klar, durchsichtig. Ein wenig salzig.

»Ja. Wir … versuchen … uns ein Bild zu machen. Von dem Jungen …«

Edberg lächelt. »Interessant, dass Sie ihn so sehen. Als Jungen.«

»Ja. Also, von Herrn Ekman«, sagt Grönholm. »Sakari Ekman. Wir versuchen noch, uns ein Bild davon zu machen, was ihn … veranlasst hat, in den Brunnen zu steigen.« Spazieren gehen, denkt Grönholm. Langsam, ohne Eile. Schlendern. Von Baum zu Baum.

»Sakari litt an einer Psychose, die sich über einige Jahre hinweg manifestiert hatte. Es ist nicht möglich, in einem streng rationalen Sinn zu beantworten, warum er in den Brunnen gegangen ist.« Edberg, Sakari Ekmans Arzt, lächelt.

Grönholm nickt.

»Signifikant war immer, dass Sakari helfen wollte. Vielleicht hatte er an diesem Morgen einfach Angst vor etwas, das Sie und ich nicht auf diese Weise hätten empfinden können. Er hatte häufig Angst davor, dass Menschen in Gefahr seien, und wollte helfen. Ich vermute, dass er in den Brunnen gegangen ist, um … ja, um auf seine Weise zu helfen.«

Grönholm nickt. Helfen, denkt er. Engel. Helfen.

»Er … hat sich Wunden zugefügt«, sagt er. »Er trug ein Messer bei sich und hat sich geschnitten.«

Edberg nickt.

»Er sprach wohl … von Engeln«, sagt Grönholm.

»Ja, Engel waren integraler Bestandteil seiner Positivsymptomatik. Also … das ist ein eher technischer Begriff. Positiv im Sinne von nach außen gerichtet. Die Chefin der Engel war eine Frau, die ich sehr gerne kennengelernt hätte, in Sakaris Welt war sie die Fee des frühen Morgens.«

Früher Morgen, denkt Grönholm. Er trinkt von dem Wasser.

»Sicher war Sakari auch wütend. In gewisser Weise … wütend auf all die wütenden Menschen. Dieser Groll kann während einer psychotischen Episode stark anschwellen, und bei Sakari verknüpfte er sich mit dem Wunsch, zu helfen. Etwas gegen dieses Schlechte zu tun.«

Am frühen Morgen ist die Welt noch in Ordnung, denkt Grönholm.

»Ich wünschte, dass Ihr Kollege, der zu Sakari in den Brunnen gegangen ist, besser ausgebildet gewesen wäre«, sagt Edberg.

»Besser ausgebildet?«, fragt Grönholm.

»Ja, oder besser … vorbereitet. Es wäre wichtig, dass

Polizisten vorbereitet werden auf die Konfrontation mit Menschen, die psychisch erkrankt sind. Ihr Kollege hätte niemals zu Sakari in den Brunnen steigen dürfen.«

Grönholm schweigt, wartet. Er weiß nicht, worauf. Er spürt sich wieder, er steht mit beiden Beinen, fest und zugleich schwankend, zwischen den kleinen Wasserfällen. Das war mittags.

Früher Morgen, denkt er.

»Sakari war ein sehr liebenswerter Mensch«, sagt Edberg.

Kimmo

Kimmo Joentaa sitzt an seinem Schreibtisch am Telefon und arbeitet eine Liste von Namen ab, aber nur einige von ihnen finden eine Stimme und ein Bild vor seinen Augen.

Viele von David Nystads Lehrern und Klassenkameraden sind verreist. Die meisten von denen, die Kimmo erreicht, schweigen ratlos, als er sich als Mitarbeiter der Kriminalpolizei in Turku vorstellt und fragt, ob sie wissen könnten, wo David sich aufhält.

Davids Klassenlehrerin, Satu Palmgren, erreicht er nach längeren Bemühungen im Urlaub in Portugal. Im Hintergrund rauschen Wind und Wellen, und die Lehrerin schweigt lange, nachdem Joentaa sie über Davids Verschwinden und den Brand im Haus der Familie Nystad informiert hat.

»Nicht auch das noch«, flüstert sie.

Joentaa wartet.

»Ich bin Davids Lehrerin, und vor einigen Jahren bin

ich auch die Lehrerin seiner Schwester gewesen, Emma. Sie wissen sicher, dass sie bei einem Unfall ums Leben gekommen ist?«

»Ja«, sagt Joentaa.

»Emmas Familie war immer sehr engagiert an unserer Schule. Der Vater hat hier Auftritte vor den Abiturienten gehabt und aus seinem Piloten- und Sportler-Leben erzählt, die Mutter war im Elternbeirat, und Emma selbst war Klassensprecherin und im Team der Schulsprecher. Sie war so … lebhaft, dass ich mir in den ersten Wochen nach diesem Unfall gar nicht erklären konnte, dass sie … tot ist. Die Eltern … haben sich bald danach getrennt …«

»Ja, das wissen wir«, sagt Joentaa, als sich die Pause in die Länge zieht. Satu Palmgren möchte noch etwas sagen, aber sie scheint die Worte erst abwägen zu wollen.

»Ich habe weder Leena noch Stefan Nystad jemals wiedergesehen«, sagt sie schließlich. »Sie sind einfach … nicht mehr in die Schule gekommen, zu keinem einzigen meiner Elternabende, obwohl ich ja inzwischen auch Davids Klassenlehrerin bin.«

Joentaa denkt an die große Wohnung in Helsinki-Vantaa, die mit Ausnahme eines breiten Snookertisches nahezu leer steht und deren Fenster den Blick auf die Start- und Landebahnen des Flughafens lenken. Ein im wahrsten Sinne öffnender Blick. Wenn Stefan Nystad durch diese Fenster sieht, ist er schon fast weg, auf dem Sprung nach irgendwo, in alle Richtungen, und alle sind erlaubt, alle Wege sind gangbar. Nur einer nicht, der Weg zurück.

Er denkt an den Jungen, David, der nach seiner Hand gegriffen hat, weil auch er den einzig gangbaren Weg gekannt hat, den Weg nach draußen, obwohl sie beide zurückwollten in das brennende Zimmer, in dem Erik und der Affe gelegen haben, aber der Weg zurück war versperrt, so wie er seit dem Tag, an dem Emma gestorben ist, für Stefan Nystad versperrt gewesen ist.

»David ist sehr schweigsam, aber wenn er mal auftaut, lacht er viel und kann ein großer Witze-Erzähler sein. Zumindest für einige Minuten. Er kehrt dann immer zurück … in sein Schweigen«, sagt Satu Palmgren.

»Haben Sie irgendeine Ahnung, wo er sein könnte?«, fragt Joentaa.

Sie überlegt lange. »Nein«, sagt sie dann. »Leider. Ich weiß gar nicht, was er nach der Schule macht. Ich glaube, dass er sich viel um seinen kleinen Bruder kümmert, Erik.«

»Ja«, sagt Joentaa. Er spürt einen vagen Schwindel hinter der Stirn. Er denkt an den Stoffaffen, an das von Flammen umschlossene Kinderzimmer.

»Geben Sie mir Bescheid?«, fragt sie. »Wenn Sie etwas von David hören?«

»Natürlich«, sagt Joentaa.

Er hört noch das Rauschen des Windes und der Wellen, als er das Gespräch längst beendet hat. Er denkt an das, was Satu Palmgren gesagt hat, über Leena und Stefan Nystad. Er beugt sich nach vorn und tippt die Adresse ein, die er schon auswendig kennt, die Adresse der *Gedenkseite für Emma Nystad.* Gelbe Schmetterlinge auf hellblauem Grund. In einer Galerie findet Joentaa viele Fotos von Emma, am Strand, beim Backen, mit Freundinnen, Fahrrad fahrend, schwimmend. Lachend. Ein Bild von ihr und Sakari ist nicht dabei, obwohl sie viel Zeit miteinander verbracht haben müssen. Emmas Blick ist immer wach, immer wohlwollend und klar, ihr Lächeln hell und bedingungslos.

Joentaa klickt wieder die Startseite an, die Schmetterlinge, das kleine Porträtfoto, darunter der Satz, der wie eine Beschwörung klingt, der anschwillt, während er ihn liest. *Wir vermissen Dich, vermissen Dich, vermissen Dich.*

Ein Vater und eine Mutter, denkt er. Stefan und Leena. Beide finden ihren Weg, aber die Wege führen in zwei diametral entgegengesetzte Richtungen. Obwohl beide am selben Punkt zu laufen beginnen. Ein Vater, der in der Zukunft lebt. Die nicht kommt. Eine Mutter, die in der Vergangenheit verharrt. Die nicht vergeht.

Und die Kinder, David und Erik, sind allein geblieben, im Hier und Jetzt.

Leena

Am frühen Abend kehrt sie zurück. Es fühlt sich wie ein Erwachen an, obwohl sie sofort spürt, dass sie nicht geschlafen hat, dass etwas anders war. Der erste Blick, dem sie begegnet, ist der einer Frau, für Momente hat sie das Gefühl, sich in ihren Augen und ihrem skeptischen, konzentrierten, auf einen fernen Punkt fokussierten Blick spiegeln zu können.

»Ich bin Terttu Dahlgren, die leitende Oberärztin dieser Station«, sagt sie. »Sie sind im Krankenhaus von Turku.«

Sie betrachtet die Frau, Terttu Dahlgren. Der Name bleibt sofort haften, alles andere sind nur Worte.

Oberärztin, Station, Krankenhaus.

Blau, Rot. Grün.

Gelb.

Sie fühlt ein Lächeln, außerhalb ihres Körpers, es

schwirrt belanglos um sie herum wie eine Fliege, die nicht aufhören will zu summen. Hinter dem Summen, halb verdeckt, die Erinnerung an das, was zuletzt gewesen ist.

Warm, früh. Morgen.

Erik, David. Schwimmbad.

»Wir haben Sie aufgrund einer Kopfverletzung in ein künstliches Koma versetzt, aus dem Sie nun erwachen«, sagt Terttu Dahlgren. »Es ist nichts anderes als eine Vollnarkose, die unter bestimmten Voraussetzungen bewusst ein wenig verlängert wird.« Sie spricht leise, aber klar, sie hat große Augen. Leena Nystad fragt sich, wie lange die großen Augen dieser Ärztin bereits auf ihr ruhen.

Unter, bestimmten. Voraussetzungen.

Morgen, Mittag. Frühstück.

Brötchen, Kuchen. Milch.

»Sie haben alle Zeit der Welt, sich zu erholen.«

Alle, Zeit. Welt.

»Wir haben eine künstliche Beatmung etabliert, die während des Ausschleichens der Narkosemedikation routinemäßig aufrechterhalten wird.«

Künstlich, schleichen. Aufrecht.

»Es ist jetzt 18 Uhr am Abend. Sie haben einen Tag lang geschlafen. Ich werde Ihnen immer die Zeit sagen, wenn wir uns sehen, weil es Ihnen die Re-Orientierung im Tag-Nacht-Rhythmus erleichtern wird.«

Die Ärzin, Terttu Dahlgren, lächelt jetzt. Skeptisch und freundlich. Sie steht auf und geht.

Sonne, Schatten. Tanzen.

Er sucht. Aber es ist nicht mehr David, es ist das junge Pärchen, der Junge und das Mädchen, das er zu finden hofft. Der Gedanke kam, als die beiden gerade außer Sicht waren. Stefan hat an den Picknickkorb gedacht. Er hat den Wagen gestartet und ist losgefahren, hat seinen Blick ruhig über die Fläche gleiten lassen, über die weite, zweispurige Straße, aber da ist weit und breit kein Mofa gewesen, kein Junge und kein Mädchen, kein Picknickkorb.

Stefan hat sich nicht aus der Ruhe bringen lassen. Er ist in die Siedlungen abgebogen, hat die Straßen abgefahren, hat in den Einfahrten der Häuser nachgesehen, ab und zu ist er sogar ausgestiegen, weil er in toten Winkeln, neben Fahrrädern und Gartengeräten, das kleine gelbe Moped zu erkennen glaubte.

Am Gartentor eines sehr sauberen, beigen Holzhauses bleibt er stehen und steigt aus. Er verweilt, weil auf einer Wiese, neben Apfelbäumen, ein Korb liegt, der dem des jungen Pärchens zum Verwechseln ähnelt.

Nach einigen Minuten kommt eine Frau auf ihn zu, und er sagt ihr, dass er mit ihrem Sohn oder ihrer Tochter sprechen müsse. Die beiden, der Junge und das Mädchen, seien mit dem gelben Mofa unterwegs gewesen.

»Es wird nicht lange dauern«, sagt er.

Die Frau sieht ihn an. Fragend lächelnd.

»Ich verstehe nicht ganz … was Sie meinen«, sagt sie.

Hinten im Garten springt eine Katze in den Korb. Der Korb fällt auf die Seite, die Katze trägt einen kleinen spielerischen Kampf mit ihm aus, und Stefan sieht, dass der Korb ganz anders aussieht als der des jungen Pärchens.

»Ja … entschuldigen Sie«, sagt er.

Er läuft, steigt in den Wagen, fährt an, und als er der Frau noch einmal zuwinkt, hebt sie intuitiv den Arm, und er spürt das Lächeln auf seinem Gesicht, das er immer abrufen kann, wenn es nötig ist. Für die unbekannte, verwirrte Frau am Gartentor oder für die Passagiere seines Flugzeugs oder für seine Crew, zu Beginn des Briefings. Alles in Ordnung, sagt sein Lächeln. Machen Sie sich keine Sorgen, gehen Sie zu Ihrer Katze, genießen Sie den Tag.

Er fährt aus der Siedlung hinaus und zurück auf die Schnellstraße. Zurück zu dem Parkplatz, an dem alles angefangen hat.

Als er ankommt und der Wagen langsam ausrollt, begreift er, dass er das Pärchen nicht finden wird, und auch nicht den Picknickkorb und auch nicht David, denn um David zu finden, hätte er den Picknickkorb finden müssen.

Einmal, vor vielen Jahren, hat er David mit ins Cockpit eines Airbus genommen. Hat ihm alles gezeigt, hat sich Zeit genommen. David war sehr interessiert, hat an seinen Lippen gehangen, hat Fragen gestellt. Kluge David-Fragen. Stefan hat sein Lächeln gelächelt, das »Alles ist in Ordnung«-Lächeln, alles ist gut, David, du fragst, ich antworte.

Dann, am Ende, hat er gespürt, dass David zwar interessiert ist, aber nicht zufrieden. Nicht glücklich. David hat sich im Cockpit umgesehen, hat am Steuerknüppel gesessen, in Gedanken versunken.

»Hier sitzt du und fliegst immer ziemlich weit weg«, hat er gesagt.

Danach haben sie in der Flughafenhalle einen Hamburger gegessen, David mit extraviel Ketchup. Emma hat noch gelebt an diesem Tag, und was David gesagt hatte, im Cockpit sitzend, war eine Wahrheit, mit der Stefan gut leben konnte.

Er blickt hinüber zu der Bank, an der vorhin das junge Pärchen gesessen hat. Jetzt sitzt dort eine Familie. Vater, Mutter, Kind. Das Mädchen ist vielleicht fünf oder sechs Jahre alt. Sie trinken aus Strohhalmen. Die Mutter Erdbeermilch, der Vater Kakao, das Mädchen einen Fruchtsaft. Orange, vielleicht Multivitamin. Erstaunlich, dass sich das über die Distanz hinweg so gut zuordnen lässt. Erdbeere, Schokolade, Vitamine.

Er hat einen Anruf verpasst, das Display verweist ihn auf die Mailbox, er hört die Nachricht ab.

»Hallo, Herr Nystad, hier spricht Terttu Dahlgren, die Ärztin. Ich wollte mich ja melden, wenn … es etwas Neues gibt. Ihre Frau ist erwacht.«

Schlafen, denkt er, und schließt die Augen.

Kimmo

Am Abend holt er Sanna von Marisa ab. Die beiden tragen noch immer ihren *Partnerlook*, die bunten Badeanzüge.

»Schön war es«, sagt Tiia, Marisas Mutter. »Wir waren im Erlebnisbad, die beiden haben sämtliche neuen Rutschen ausprobiert.«

»Die blaue, die mit den Reifen und die schwarze«, ruft Sanna aus einiger Entfernung.

»Aha«, sagt Joentaa.

»Die schwarze ist wie ein Tunnel. Da sieht man gar

nichts, nach einer Weile denkt man, dass man gar nicht mehr rauskommt.«

»Mhm«, sagt Joentaa. Sterben ist langweilig, denkt er. Und durch einen schwarzen Tunnel zu rasen, der nicht zu enden scheint, kann die allergrößte Freude bereiten.

»Was denkst du, Papa?«

»Hm?«

»So siehst du immer aus, wenn du nachdenklich bist«, sagt Sanna.

»Sie kennt dich sehr gut«, sagt Tiia.

»Allerdings«, sagt Joentaa.

Er denkt, dass es stimmt und dass es sehr schön ist. Einen Menschen in seiner Nähe zu wissen, mit dem er so vertraut ist. Vertrauter als mit sich selbst. Er denkt an die Bilder von Emma, in einer Foto-Galerie der Gedenkseite. Beim Backen, beim Spielen, beim Schwimmen.

»Papa ist manchmal ein großer Nachdenker«, sagt Sanna.

Joentaa lacht.

»Marisa hätte morgen wieder Zeit. Wir wollen wieder schwimmen gehen.«

»Und rutschen«, ruft Marisa.

Joentaa nickt. Er wendet sich Tiia zu. »Wenn das klappt, gerne. Ich habe die Woche viel zu tun …«

»Klar, Kimmo.«

»Am Wochenende ziehe dann ich mit den beiden los. Marisa kann auch übernachten. Und diesen schwarzen Wassertunnel werde ich auch mal ausprobieren …«

»Quatsch, Papa, du magst doch so was gar nicht, bist doch ängstlich«, sagt Sanna, ein wenig lauter, als Joentaa lieb ist.

»Unverschämtheit.« Sein Ernst ist nur gespielt, und er liest in Sannas Augen, dass sie noch einen draufsetzen wird.

»Stimmt aber. Papa ist immer weiß im Gesicht geworden, wenn wir die Treppe zu den Rutschen hochgelaufen sind. Und da hat es die schwarze Rutsche noch gar nicht gegeben. Die ist neu, Papa.«

»Ja, ja. Dass ich weiß im Gesicht werde, halte ich aber für ein Gerücht.«

Tiia lacht. Marisa lacht. Beide winken zum Abschied, und während Kimmo und Sanna nach Hause fahren, erlebt Kimmo in ihrer wilden Erzählung noch einmal ihren Tag, als wäre es sein eigener gewesen. Als sie ankommen, beugt sich Sanna auf dem Rücksitz nach vorn und sagt: »Guck mal, wir haben Besuch.«

Im Schatten des Apfelbaums steht Petri Grönholm. Er hebt zögerlich die Hand zum Gruß.

»Ich glaube, Petri ist irgendwie traurig«, sagt Sanna, obwohl Petri Grönholm, unter dem Baum, zu lächeln versucht. Joentaa steigt aus.

»Hei, Petri«, sagt er.

»Hei, Kimmo. Ich hoffe, ich … mir fällt bei mir die Decke auf den Kopf, ich … bin dann …«

»Wir freuen uns, dass du da bist«, sagt Joentaa. »Komm.« Er lächelt, Sanna hüpft schon im Zickzack voraus, über den sandigen Weg, der zum Haus führt.

»Ich mache das Abendessen«, sagt sie, mit einer Bestimmtheit, die keine Widerrede duldet.

»O. k.«, sagt Joentaa.

»Nudeln. Und du machst die Soße, Papa.«

Joentaa lacht. »Ah, o. k. Du die Nudeln, ich die Soße.«

»Und Petri kann ja den Tisch decken«, sagt Sanna.

Genauso machen sie es. Joentaa hat das Gefühl, dass Petri Grönholm ein wenig Ruhe findet, während er mehrfach denselben Weg zurücklegt, er trägt das Tablett nach draußen in den Garten, an den dunkelblauen See, in dem sich die Abendsonne spiegelt. Er öffnet, in Gedanken versunken, auch die Flasche Rotwein, die Kimmo ihm reicht, und schenkt versehentlich Sanna ein Glas ein.

»Für mich?«, fragt sie und zieht eine Grimasse, als sie schließlich am Tisch sitzen.

Grönholm sieht sie fragend an.

»Ich trinke doch keinen Wein«, sagt Sanna.

»Ah. Ja. Entschuldige.«

Sanna hebt das Glas zum Mund, nippt. Verzieht das Gesicht. »Das können nur Erwachsene mögen.«

Ein Lächeln huscht über Grönholms Gesicht, Sanna schenkt sich ein Glas mit Limonade ein, und während sie essen, versucht Joentaa nach einem Gedanken zu greifen, der da gewesen ist, am Nachmittag, während er mit David Nystads Lehrerin telefoniert hat. Das, was Petri Grönholm plötzlich sagt, in die Stille hinein, verdichtet sich sofort, formt sich aus, bildet einen gelben Schmetterling, der in der Luft flattert. Sein Blick streift eine Überschrift der Tageszeitung, die auf dem Tisch liegt. Neben den Zeilen das Foto eines beigen Holzhauses, das er kennt, es steht am Badestrand, neben dem Anlegeplatz der Fähre. Die Sakari und Emma nicht erreicht haben …

»Ich glaube, dass Sakari … ein netter Junge gewesen ist.«

»Wer ist das? Sakari …«, fragt Sanna.

»Ein Junge«, sagt Grönholm. Er betrachtet Sanna, lange. »Ich … habe heute ein bisschen über ihn gelesen … Fotos gesehen. Er scheint sehr nett gewesen zu sein.«

»Ist er tot?«, fragt Sanna.

»Ja … ja, genau«, sagt Grönholm.

Dann sitzen sie wieder schweigend. Sanna nimmt Nachschlag, und Joentaa wundert sich über sich selbst, darüber, wie sehr er sich freut, als Sanna seine kinderleicht zuzubereitende Soße lobt.

»Das ist Papas Spezialsoße«, sagt sie.

Grönholm sieht sie an, in Gedanken, scheint ihre Worte erst zuordnen zu müssen. »Die ist verdammt gut«, sagt er.

»Besten Dank, ihr beiden«, sagt Joentaa. »Sie ist allerdings ziemlich einfach zu machen.«

»Das sagt Papa übrigens immer«, sagt Sanna. »Dass die Soße einfach zu machen ist.«

Joentaa lächelt, Sanna geht ins Haus, um Nachtisch zu holen, Petri Grönholm sieht ihr nach.

»Ich konnte nicht bei mir in der Wohnung bleiben«, sagt er. »Ich habe auf dem Balkon gesessen, den Brunnen gesehen und ununterbrochen an den Moment gedacht. In dem das alles … falsch gelaufen ist …«

Joentaa nickt. Er denkt an das, was Grönholm gesagt hat, im Krankenhaus. Dass er Sakari, den Jungen, nicht gesehen hat. Sondern etwas Fremdes, Bedrohliches … das er beseitigen wollte, weil es sein Zuhause bedroht hat. Vielleicht ist das die Klammer, die alles bindet, denkt er. Ein Zuhause, das bedroht ist. Oder zerstört. Das nicht mehr da steht, wo es gestanden hat. Seit dem Tag, an dem Sakari, im Übermut, Motorrad gefahren ist, seit dem Tag, an dem Emma nur noch als Fee des frühen Morgens in seinen Gedanken lebte. Oder als gelber Schmetterling in denen ihrer Mutter, Leena.

Der Gedanke bleibt haften, auch dann noch, als Sanna zurückkommt, mit drei Eistüten, die sie in die Höhe hält wie Trophäen. »Es gibt Minze mit Vanille, Himbeere mit Schokoraspeln und … was ist das eigentlich?«

»Moltebeere mit Vanille«, sagt Joentaa.

»Wer will was?«, fragt sie.

»Moltebeere«, sagt Joentaa, weil er weiß, dass Sanna lieber Minze mit Vanille isst.

»Himbeere für Petri«, sagt Sanna.

»O. k. Danke«, sagt Grönholm.

Sie essen schweigend, Joentaa spürt die Kühle auf der Zunge, die Kühle löscht für eine Weile den brennenden Schmerz, der unter seiner bandagierten Schulter pocht.

Zu Hause, denkt er, während er Sanna dabei zusieht, wie sie Eis isst.

Stefan

An dem Tag, an dem Sakari das Motorrad genommen hat, um mit Emma ans Meer zu fahren, ist Stefan ziemlich weit weg gewesen. Weit weggeflogen, nach Amsterdam. Zwei Tage Aufenthalt.

Mit dem Leihwagen weiter nach Nordwijk, weg von der Crew, ans offene Meer. Es ist warm, laue Windböen, seine Haut ist mit Sand und Wasser benetzt. Bunt beleuchtete, einladende Cafés.

Der Anruf erreicht ihn am Abend, aus der Ferne. Eine Beamtin informiert in kurzen Sätzen. Auf den Punkt. Herr Ekman? Stefan Ekman? Ja. Ihre Tochter. Emma. Motorrad. Ein Junge aus der Nachbarschaft. Ja, Sakari. Ja, ein Unfall. Ja.

Er läuft auf dem Sand, über die Düne, zurück zur Strandpromenade. Der Wirt des Fischrestaurants, in dem er essen wollte, ruft ihm etwas zu, und Stefan lächelt. Sein Lächeln, das Lächeln des Piloten, alles in Ordnung.

Dasselbe Lächeln wirft er der Dame an der Rezeption des Hotels zu. Fährt im Aufzug nach oben, geht in sein

Zimmer. Die Tür rastet sanft ein, er setzt sich auf das Bett.

Als er sich ein wenig hinunterbeugt, hört er einen lang gezogenen, klagenden Ton. Der Ton ist schwarz, er klopft und hämmert gegen seinen Körper wie gegen eine Wand.

Kimmo

Der Gedanke ist ein Teil des Traums, den Kimmo träumt. Als er erwacht, hat er das Gefühl, ihn in den Händen halten zu können, wie einen Gegenstand. Er hat von Valtteri geträumt, dem kleinen rothaarigen Jungen. Und Vallteri hat den Gegenstand in den Händen gehalten, ein kleines blaues Kästchen. Als Valtteri das Kästchen geöffnet hat, ist Joentaa erwacht. Starker Regen prasselt gegen das Dach.

Er steht auf und geht ins Wohnzimmer. Petri Grönholm liegt auf dem Sofa, er hat darauf bestanden, auf dem Sofa zu schlafen. Das Licht der Nacht scheint blass und blau durch die Fenster, ein sanftes, vages Licht, in dem ein Unwetter tobt, während Joentaa nach seinem Handy sucht. Er versucht, leise zu sein, er möchte Petri nicht wecken. Das Handy ist in der Jackentasche.

Joentaa geht in die Küche. Er findet die Nummer im Internet. Aune und Magnus Ekman. Er wählt. Kurz bevor Aune Ekman abnimmt, wird ihm vage bewusst, dass es mitten in der Nacht ist, dass er sie wecken wird, und hinter dem Fenster, über dem See, flackern innerhalb weniger Sekunden zwei grelle Blitze auf. Direkt danach Donnergrollen.

»Ja, bitte?«

Die Stimme eines Mannes.

»Kimmo Joentaa. Von der Polizei in Turku.«

Der Mann, am anderen Ende der Leitung, schweigt.

»Ist Ihre Frau da? Aune Ekman?«

»Hm.«

Joentaa wartet.

»Wir haben vier Uhr in der Nacht«, sagt der Mann.

»Ich weiß und bitte um Entschuldigung. Ich möchte gerne mit Frau Ekman sprechen.«

»Mhm … da ist … irgendein Polizist …«

Joentaa hört das Murmeln des Mannes, dann ist Aune Ekman da, ihre Stimme hellwach und klar.

»Herr Joentaa?«, fragt sie.

»Ja. Entschuldigen Sie. Ich möchte Sie etwas fragen. Oder eigentlich Ihren Sohn.«

»Valtteri?«

»Ja.«

»Was … was ist denn mit ihm?«

»Nichts. Wir sind immer noch auf der Suche nach David Nystad, und mir ging etwas durch den Kopf, das Valtteri gesagt hat. Dass sie ab und zu gespielt haben. Valtteri und David. Und der kleine Erik.«

»Ja«, sagt sie. »Manchmal. Es war schwierig, weil … Leena seit dem Unfall … nicht mehr wollte, dass wir etwas miteinander zu tun haben.«

»Ja, ich weiß. Aber die Jungs haben ab und zu zusammen gespielt. Ich hatte den Eindruck, dass Valtteri das … besonders schön findet. Es ist sicher für ihn spannend, mit David zu spielen, der ja einige Jahre älter ist.«

»Ja, stimmt. Ich glaube, dass Valtteri immer glücklich ist, wenn David vorbeikommt. David muss das ja fast … heimlich machen … wegen Leena.«

»Darauf will ich hinaus. Kann es sein, dass die beiden etwas geteilt haben? Ein Geheimnis? Vielleicht weiß Valtteri etwas von David, das wir bisher nicht wissen und das auch Davids Mitschüler nicht wissen können.«

Aune Ekman schweigt.

»Ich weiß nicht … vielleicht«, sagt sie schließlich. »Ich müsste ihn fragen.«

»Tun Sie das, bitte.«

»Jetzt?«

»Ja, bitte. Sie können ihn auch an mich weiterreichen, ich erkläre ihm dann alles.«

»Ja. Gut«, sagt sie.

Joentaa schließt die Augen. Valtteris Lächeln ist ihm in Erinnerung geblieben. Als Valtteri von David sprach, hat er gelächelt, trotz all des Schlimmen, was gerade passierte. Er hört die Stimme von Aune Ekman, die leise spricht, vermutlich mit Valtteri, der aus tiefem Schlaf erwacht.

»Hm?«

Das ist Valtteris Stimme. Das lauteste und entschiedenste »Hm«, das Joentaa je gehört hat. Er spürt unwillkürlich ein Lächeln auf seinem Gesicht.

»Hei, Valtteri. Hier spricht Kimmo, der Polizist.«

»Hallo«, sagt Valtteri.

»Ich danke dir von Herzen, dass du mit mir sprichst, obwohl du ja eigentlich auch in Ruhe schlafen könntest.«

»Kein Problem«, murmelt Valtteri, schlaftrunken, aber neugierig.

»Pass auf, ich habe eine Frage, die mir irgendwie mitten in der Nacht durch den Kopf ging. Wir haben einige Leute befragt, weil David, dein Freund aus dem Nachbarhaus, im Moment unterwegs ist. Und wir wollen ihn finden.«

»Ah. O.k.«, sagt Valtteri.

»Deshalb wollte ich auch dich fragen, ob du vielleicht irgendeine Ahnung hast, wo David jetzt sein könnte.«

Valtteri schweigt, und Joentaa stellt sich vor, wie er sich Schritt für Schritt erst der Frage und dann der Antwort nähert. Zu Hause, wird Valtteri auf den Lippen gelegen haben. David ist zu Hause und schläft, ist doch klar. Und dann wird Valtteri darüber nachdenken, dass das Nachbarhaus abgebrannt und dass Davids Schlafzimmer gar nicht mehr da ist.

»Ja«, sagt Valtteri. »Stimmt natürlich. Also … vorstellen kann ich mir, dass er im Baumhaus ist.«

Joentaa schließt die Augen. Valtteri hat das Kästchen geöffnet. Das kleine blaue Kästchen, und darin ist ein Wald. Ein Wald voller Bäume. Und in einem Baum ein Haus.

»Wo ist das Baumhaus, Valtteri?«, fragt Joentaa.

»Na ja, im Wald.«

»Kannst du uns sagen, wo genau das ist? Kannst du uns hinbringen?«

»Na ja. Klar«, sagt Valtteri.

»Das ist super, du Meister. Gibst du mir noch mal deine Mama?«

»Ja, klar.«

Joentaa öffnet die Augen. Die Nacht hinter dem Glas scheint ein wenig heller geworden zu sein, das Unwetter noch intensiver.

»Ja?«, fragt Aune Ekman.

»Frau Ekman, ich muss dieses Baumhaus finden, von dem Valtteri spricht. Ich kann in etwa zwanzig Minuten bei Ihnen sein.«

Aune Ekman schweigt.

»Ich weiß, dass es in Strömen regnet und dass Valtteri eigentlich schlafen sollte, aber …«

»Zwanzig Minuten«, sagt Aune Ekman. »Bis gleich.«

Valtteri

Valtteri putzt Zähne. Weil Mama das gesagt hat. Wobei sie ihre eigenen Worte kaum zu hören schien. *Noch schnell Zähne putzen, Valtteri,* hat Mama gesagt, aber es klang, als hätte sie auch irgendetwas anderes sagen können, weil sie mit ihren Gedanken ganz woanders war. Bei dem Baumhaus, das David und Valtteri gebaut haben, oder bei dem lustigen Polizisten, der angerufen hat. Mitten in der Nacht. Valtteri weiß gar nicht genau, warum er den Polizisten lustig findet. Vielleicht ja deshalb. Weil er immer das macht, was komisch ist. Zum Beispiel mitten in der Nacht anzurufen und nach einem Baumhaus zu fragen. Das macht ja niemand, nur dieser Polizist, der immer lieb lächelt, auch wenn drüben bei David und Erik das Haus brennt.

Jetzt putzt Valtteri Zähne und denkt, dass Mama mal wieder die richtige Idee gehabt hat, denn während er seine Zähne putzt, wird er immer wacher, und als er aus dem Bad kommt, hat er das Gefühl, Bäume ausreißen zu können. Und irgendwas in der Art wird er ja auch machen müssen, der Polizist war so aufgeregt, es geht um etwas Wichtiges, und er, Valtteri, wird gebraucht.

»Fertig«, ruft er, während er die Treppe nach unten läuft. Papa steht im Esszimmer, mit einer Tasse Kaffee in der Hand, Mama sitzt am Tisch, sie hat schon ihre dunkelblaue Jacke an.

»Der Mann hat Nerven«, murmelt Magnus-Papa.

»Der Polizist?«

»Hm?« Magnus-Papa dreht sich um.

Valtteri muss grinsen, weil er wieder dieses dämliche *Magnus-Papa* im Kopf hat. Magnus will ja Magnus genannt werden, aber Valtteri hat ihn immer als Papa vor Augen, der er ja nun mal ist. Valtteri fragt sich, warum Magnus kein Papa sein will, obwohl er einer ist, und ob er irgendwann mal Papa sein wollte. Für Sakari zum Beispiel, mit dem irgendwas passiert ist. Sakari ist weg, aber er ist ja auch nie da gewesen. Eigentlich erinnert sich Valtteri nur an einen einzigen Tag, an dem er Sakari gesehen hat. Das war in einem Frühling, in der Nähe von Ostern, Sakari hat plötzlich vor der Tür gestanden und Mama irgendein Bild gebracht und komisches Zeug geredet. Über das Bild, was es zu bedeuten hat. Und dann ist er irgendwie böse geworden, obwohl Mama gar nichts Böses gesagt hat. Daran erinnert sich Valtteri. Sakari ist wort- und grußlos gegangen, und Mama ist traurig gewesen. Nicht böse, sondern traurig.

Als es an der Tür klingelt, denkt Valtteri unwillkürlich wieder an den Polizisten, der schon wieder etwas Lustiges macht. Mitten in der Nacht an der Tür klingeln. Magnus macht einige schnelle Schritte und öffnet, und Mama ist auch schon aufgestanden.

»Vielen Dank, dass Sie sich die Zeit nehmen«, sagt der Polizist. Er steht auf der Schwelle, jetzt hört Valtteri den Regen prasseln, und er spürt auch sofort, dass der Polizist den Raum nach ihm absucht, nach Valtteri, der Polizist lächelt, als sich ihre Blicke begegnen.

»Super, Valtteri, du bist ja schon hellwach und bereit.«

Valtteri nickt.

»Dann düsen wir los«, sagt der Polizist. »Ich habe Regenschirme dabei.«

»Ja«, sagt Valtteri. Er geht zur Garderobe, nimmt seine Jacke, zieht sie an. Bereit, denkt er. Hellwach und bereit.

Dann läuft er neben Mama und dem Polizisten über den Kies, der laut unter seinen Füßen knirscht. Rechts in der blauen Dämmerung steht wie ein Geisterhaus die dunkle Ruine, in der David nicht mehr leben kann. Deshalb müssen sie ihn suchen.

»Meldet euch, ja?«, ruft Magnus, der an der Haustür steht. Das ist gut, denkt Valtteri, einer muss zu Hause bleiben, einer muss dafür sorgen, dass das Haus nicht brennt.

»Können wir ein Stück mit dem Auto fahren, Valtteri?«, ruft der Polizist. Seine Stimme wird vom Regen abgedämpft, das Rufen ist ganz leise.

»Ja, bis zum Waldrand. Ist nicht so weit«, ruft Valtteri, so laut er kann.

»O. k.«

Dann fahren sie, es ist angenehm warm im Wagen. Mama sitzt neben dem Polizisten auf dem Beifahrersitz, Valtteri hinten. Er weist den Weg. Sie sind allein unterwegs, weit und breit kein anderes Auto, kein anderer Mensch. Sie sind die Einzigen, die wach sind, die Einzigen, die etwas Wichtiges tun, die Einzigen, die nach David suchen.

»Da hinten, nach dem Fußballplatz, beginnt der Wald«, sagt Valtteri.

»Sehr gut«, sagt der Polizist. Joentaa, genau, so heißt er. Kimmo Joentaa.

Dann laufen sie. Valtteri geht voran. Ein wenig wundert er sich darüber, dass er den Weg so gut kennt, eigentlich ist immer David vorausgegangen, und es gab ein paar Abzweigungen, die Valtteri überraschend fand, vom großen Weg auf einen kleineren und vom kleineren auf einen ganz schmalen. Dann durch das Dickicht und auf die Lichtung. Das war ein besonderer Moment, aus dem Gestrüpp auf diese helle, lichte Fläche zu kommen.

»Na, was sagst du dazu?«, hat David gesagt.

»Na, was sagt ihr dazu«, sagt jetzt Valtteri, intuitiv, aus dem Moment heraus. Ein komischer Moment ist das, vor allem muss Valtteri fast lachen, als er Mama sieht, Mama sieht aus, als wäre sie gerade in Klamotten die Wasserrutsche im Erlebnisbad runtergerutscht. Gemeinsam mit Joentaa, dem lustigen Polizisten.

Joentaa steht still. Valtteri betrachtet ihn einige Sekunden lang, dann ist er ganz sicher, dass er dasselbe empfindet wie Valtteri und David, das Besondere an diesem Ort, das besonders Schöne daran. Eine weite, freie Fläche, mitten im dichten Wald. Valtteri sieht Joentaa an und denkt, dass er traurig und glücklich zugleich aussieht. Und so nachdenklich, als ob er tausend Gedanken gleichzeitig im Kopf hätte. Es ist kühl, es regnet, aber irgendwie liegt auch schon ein Sommermorgen in der Luft.

»Das Baumhaus ist da drüben«, sagt er. »Auf der anderen Seite.«

Joentaa nickt. »Du gehst voran, Valtteri«, sagt er, und Valtteri führt Joentaa und Mama zu dem Baum, an dem die Leiter lehnt. Er kneift die Augen zusammen, und mit jedem Schritt verdichtet sich ein Gedanke, der querliegt, wie ein Rechteck.

Dann stehen sie vor dem Baum. Valtteri spürt die Müdigkeit, vielleicht wird er gar nicht böse sein, wenn Mama nachher sagt, dass er heute einen Mittagsschlaf machen soll. Valtteri hebt den Blick, hält ihn fest nach oben gerichtet. Er denkt an David. Daran, dass er sich immer gefragt hat, wie David es geschafft hat, das Haus zu bauen. Mit Leiter, mitten im Wald, auf einer Lichtung, die es eigentlich gar nicht geben kann, in der Krone eines Apfelbaums.

Er spürt neben sich Mama, die ein wenig schneller atmet als sonst, und er hört die Stimme des Polizisten, leise und klar.

»Wir bauen das wieder auf, Valtteri«, sagt er. »Mach dir keine Gedanken. Wir bauen das wieder auf.«

David

Als David gerade eingeschlafen war, ist der Regen gekommen und hat gewütet wie ein Feuer.

Das war sein erster Gedanke, und dieser Gedanke ist geblieben, während er seine Jacke übergestreift und hektisch die Vorräte eingesammelt hat. Während er vorsichtig, Schritt für Schritt, die Leiter hinabgestiegen ist. Während, als er noch einmal zurückgeblickt hat, die Bretter, die das Baumhaus gehalten haben, zerborsten und hart zu Boden gefallen sind. Während er gelaufen und dann gerannt ist, durch das Dickicht und an den Bäumen entlang auf den Wegen, die zurück in die Siedlung führen, zurück zu den Häusern.

Keines der Häuser ist seines. Das ist der Gedanke, der auch jetzt noch da ist, während er am kleinen Bahnhofsgebäude vorübergeht, das verschlossen ist, der letzte Zug ist längst abgefahren, der erste fährt erst später, wenn der Morgen kommt. Der Gedanke pocht hinter der Stirn, an seinem Hals, er ist mit seinem Puls verschmolzen.

Keines der Häuser ist seines, in keinem ist er zu Hause, seine Häuser sind zerstört. Das erste hat sich das Feuer genommen, das zweite das Wasser.

Nichts und alles

Magnus

Als die drei zurückkehren, sieht jeder auf eine bestimmte Weise verändert aus. Geschöpfe der Nacht, denkt Magnus vage. Er hat sich einen Kaffee gemacht und gewartet, und jetzt stehen sie in der Tür.

Aune ist weit weg. Ganz ruhig richtet sie ihren Blick in die Ferne, während sie ihre Jacke ablegt, in der Garderobe aufhängt und zu ihm an den Tisch kommt, sich neben ihn setzt. Sie sitzt neben ihm, eine Welt entfernt, in Gedanken, die er nicht kennt, und Valtteri sagt, dass das Baumhaus kaputt ist.

Baumhaus, denkt Magnus. Baumhaus, Baumhaus. Er sieht Valtteri an, der erhitzt ist, aufgedreht, hellwach, sein Körper wackelt hin und her, während er von dem Baumhaus erzählt.

Am deutlichsten ist die Veränderung im Gesicht des Polizisten abzulesen. Joentaa. Die Ruhe, die er ausgestrahlt hat, ist noch da, aber etwas hat sich dazwischengeschoben. Etwas gärt und brodelt unter der Oberfläche, sein Blick flackert, und er sagt: »Kakao. Warmer Kakao ist gut, Valtteri.«

Dann läuft der Polizist zielstrebig zur Küchenzeile, befüllt einen Topf mit Wasser, stellt ihn auf den Herd. Öffnet den Kühlschrank, nimmt die Milch heraus, füllt sie in den Topf.

»Äh … Moment«, sagt Magnus.

Aune ist aufgestanden. »Kakao, gute Idee«, sagt sie.

Magnus sieht die beiden an, sieht ihnen dabei zu, wie sie Kakao kochen. Nach einer Weile wandert der Duft der heißen Milch durch den Raum.

»Der Regen war viel zu stark«, sagt Valtteri. Er kommt auf ihn zu, setzt sich an seinen Platz an den Tisch, an dem er jeden Morgen vor der Schule frühstückt.

»Ja, sehr stark«, murmelt Magnus.

Aune kommt, mit einem Becher Kakao. Sie stellt ihn vor Valtteri ab, setzt sich neben ihn.

Dann kommt der Polizist, mit zwei weiteren Bechern, auf einem ist eine Comicfigur abgebildet, auf dem anderen steht irgendein Sinnspruch. Joentaa reicht einen Becher Aune, einen Magnus.

»Vorsicht, heiß«, sagt er.

Der Polizist bleibt stehen, neben Valtteri, legt ganz leicht eine Hand auf seine Schulter, während Valtteri den Becher anhebt und vorsichtig zu trinken beginnt.

»Ich gehe mal … nach drüben«, sagt er. »Und Valtteri, wir bauen das wieder auf, o. k.?«

Valtteri nickt.

»Guter Kakao?«, fragt Joentaa.

»Mhm, ja«, sagt Valtteri. Er scheint tatsächlich mit gutem Durst zu trinken.

»Sehr gut«, sagt Joentaa. Dann wendet er sich ab und geht, zielstrebig, nach drüben, denkt Magnus, zu dem toten Haus im Nachbargarten.

Joentaa läuft, durch den einen Garten, über den flachen Zaun, in den anderen Garten, in dem die Kriminaltechniker ihr weißes Zelt aufgeschlagen haben. Er hat sie schon gesehen, als sie aus dem Wald zurückgekehrt sind.

Jetzt spürt er den pochenden Schmerz unter der Haut seines Arms mit aller Wucht, er begreift auch, was der Arzt meinte, als er dringend einen mindestens einwöchigen stationären Aufenthalt empfahl, und vor allem spürt er die Wut, eine Wut, die sich angestaut hat, und er versteht noch nicht, woher genau sie kommt.

Es ist eher eine Ahnung als Gewissheit, nein, es ist beides, es ist die Wut auf diese Brandermittlerin, die im strömenden Regen am Boden kauert, irgendetwas begutachtend, irgendwelche Antworten suchend, es ist die Ahnung, dass er die Antworten nicht wissen möchte, und es ist die Gewissheit, dass kein Regen dieser Welt das Recht hat, Baumhäuser zu zerstören.

»Guten Morgen auch«, sagt er, und die Brandermittlerin sieht ihn an, als sei er nicht ganz bei sich, was natürlich auch stimmt.

»Ja … guten Morgen«, sagt sie.

»Wie läuft es denn heute? Früh auf den Beinen, ja?«

Sie erwidert seinen Blick. »Alles in Ordnung?« Sie lächelt ein wenig, und Joentaa denkt, dass tatsächlich etwas nicht stimmt. Er war seit einer Weile nicht auf diese Weise außer sich.

»Ja, ja, bestens«, sagt er.

»Wir haben die Brandbeschleuniger analysiert, darunter, wie erwartet, Ethanol«, sagt sie. »Außerdem scheint ein gängiges, aber hoch entzündliches Reinigungsmittel Verwendung gefunden zu haben. Das Feuer hat nach jetzigem Erkenntnisstand an der Außenfassade begonnen und sich … ja … aufgrund der umgebenden Hitze schnell ins Holz reingefressen.«

»Ah«, sagt Joentaa.

Ja, ja, denkt er. Irgendwas stimmt nicht. Nichts ist in Ordnung. Außenfassade. Hoch entzündlich. Er verspürt eine plötzliche, ungeheure, drängende Lust, einen Fehler zu begehen.

Es muss an dem Baumhaus liegen und am Regen und daran, dass manchmal ja nur ein Fehler die Welt wieder in Ordnung bringen kann.

Stefan

Der Ton ist schwarz. Er hat sich eingekapselt. Ein schwarzer Ton in einer Kapsel. Der schwarze Ton hängt darin wie ein Tropfen, bereit zu fallen, aber er fällt nicht.

Der schwarze Ton ist ein Tropfen, der nicht fällt, und hinter der Windschutzscheibe regnet es in Strömen. Aber Stefan fährt der Sonne entgegen, die in Helsinki endlich ganz aufgegangen ist, die Unwetterwand hat sich zurückgezogen, einzelne schwarze Wölkchen hängen wie Erinnerungen im Morgenhimmel. Während er den Wagen auf das Parkdeck steuert, denkt er vage darüber nach, dass irgendwo ein Regenbogen sein müsste, aber er hebt den Blick nicht an, als er aussteigt.

Die Kapsel in seiner Brust bewegt sich auf und ab, während er läuft. Nichts ist da, das weiß er. Er denkt daran, während er die Tür zu seiner Wohnung öffnet, er denkt an den Tag von Emmas Beerdigung und an die Gewissheit, die sich plötzlich einstellte. Die Wohnung ist hell und sonnig, über der Grünfläche des Snookertisches tanzt der Staub, und Stefan denkt, dass es Emma ist. Emma ist der Staub über dem Tisch. Oder noch weniger.

Er wusste es sofort nach der Beerdigung. Nachdem die Worte gesprochen waren. Die Klagen verhallt, die Erinnerungen ausgetauscht. Die Mitschülerinnen, die Verwandtschaft, angereist von irgendwoher. Tränenfeuchte oder trockene rote Augen. Freunde, Bekannte, Neugierige. Viele müssen stehen, weil so verdammt viele Leute dabei sein wollen. Um nichts zu erleben. Nichts. Emma ist nichts. Emma war alles, aber sie ist nichts. Vorbei.

Er zittert, es ist dasselbe Zittern wie damals, es begann während der Beerdigung, an irgendeiner Stelle, als eine kurze Pause eintrat und ihm plötzlich alles klar wurde. Emma ist weg. Das hat er gedacht, das denkt er jetzt.

Emma ist weg, und er könnte überall sein. In dieser Kirche, bei Emmas Beerdigung oder jetzt, Jahre später, in seiner Wohnung, die hell wie der Tag ist, oder weiß der Teufel wo. Er kann irgendwo sein, so wie er irgendwo war, in dem Moment, in dem Sakari das Motorrad übersteuert und Emma den Halt verloren hat. Zu schnell. Zu schnell durch die Luft, Aufprall auf weichem, gelbem Gras. Und Ende. Aus und vorbei.

Er war also irgendwo. In Amsterdam, am Wasser, hat nichts gemerkt. Nichts kapiert, nichts gesehen, nichts gespürt. Ein Mensch, den er nicht kennt, setzt ihn in Kenntnis. Ja, so, aha. Noch schnell dem Wirt des Fischrestaurants entgegenlächeln. Dann ab ins Hotel. Sitzen, auf dem Bett.

Er hat den Namen des Hotels klar vor Augen. Er nimmt das Telefon. Während er mit dem Buchungsservice seiner Airline die Details abspricht, sieht er durch die breiten Fenster seiner Wohnung auf die Landebahnen des Flughafens Helsinki-Vantaa. Gerade kommt ein Flugzeug aus Deutschland an, mit dem *Lufthansa*-Schriftzug, und er ist auf dem Sprung. Abflug, denkt er. Seine Buchungsanfrage ist ungewöhnlich, aber unkompliziert.

»Nur um noch sicherzugehen … Sie möchten die Reise jetzt direkt antreten«, sagt die freundliche Dame vom Service-Center, am anderen Ende der Leitung.

»Ja, richtig.« Direkt, das klingt gut.

»O. k. …«, sagt sie.

Einige Minuten später ist er auf dem Weg. Die Reisetasche über seiner Schulter ist federleicht, er kann sich auch gar nicht daran erinnern, etwas hineingetan zu haben. Er läuft mit Schwung, fühlt sich auf dem Weg, in Aktion, in Bewegung. Emma ist nichts, David ist weg, Leena im Schmerz verloren. Erik … ist nur ein Wort, ein Name. Er weiß nicht mal, wie er ausgesehen hat.

Leena hat ihm Fotos geschickt, nach der Geburt. Die Augen eines Säuglings haben ihn gestreift, dann ist er rechtzeitig ausgewichen und hat alles in den Müll geworfen, die Fotos und die Zeilen, die Leena geschrieben hat.

Als er auf dem Parkdeck in den Wagen steigt, hat er für Momente das Gefühl, unten an der Straße David zu sehen. Mit gesenktem Kopf, an einer Ampel stehend. Aber David ist weg, er kann überall sein, unten an der Ampel steht nur ein Junge.

Wäre es David, würde ein vergessener Picknickkorb an seinem Handgelenk baumeln.

David

David hat den ersten Zug genommen, zwischen Nacht und Morgen. Während er durch den Wald gelaufen ist, haben sich die Regentropfen auf seiner Haut angefühlt wie Steine, die aus dem Himmel fallen, und er hat sofort gewusst, wohin er gehen wird.

Im Bahnhofsgebäude war das kleine Café noch geschlossen, er hat gewartet, bis ein Mädchen kam. Das Mädchen hat die Tür geöffnet und den Rollladen hochgezogen, der die Verkaufstheke verborgen hat, und zwei gelangweilt und angestrengt aussehende Männer in Overalls haben Kaffee bestellt, obwohl er vor ihnen da gewesen war.

»Na, du«, hat das Mädchen gesagt. Auch sie war gelangweilt, irgendwie ungerührt. David hat mit den wenigen Münzen, die er in seiner Hosentasche gefunden hat, ein Brötchen und eine Himbeerlimonade gekauft. Auf der Limonade war ein Mumintroll abgebildet, das Brötchen war noch warm, das Mädchen hat es direkt aus dem Ofen geholt.

An der Anzeigentafel wurde der erste Zug eingeblendet, *Turku/Helsinki,* Abfahrt um *6.34*. Er ist zum Gleis gegangen, hat sich ganz an den Rand auf eine Bank gesetzt. Einmal ist er mit Emma und Stefan diese Strecke gefahren, da war er noch sehr klein, aber er hat sich daran erinnert, dass die 1. Klasse fast unbesetzt gewesen ist und das WC geräumig.

So ist es auch heute gewesen. Er hat sich sofort eingeschlossen, wenig später ist der Zug langsam angefahren, hat Fahrt aufgenommen. Er hat sich das Gesicht gewaschen, es ist angenehm warm gewesen, seine Kleider waren schon getrocknet. Nach einer Weile hat jemand gegen die Tür geklopft, vielleicht der Schaffner, der es nicht wagt, einen Passagier der 1. Klasse mehr als nötig zu behelligen. David hat Schritte gehört, die sich entfernen, und ist regungslos, gegen die weiße Wand gelehnt, stehen geblieben, bis eine Stimme die Ankunft des Zuges in Helsinki-Pasila ankündigte.

David hat vorsichtig die Tür geöffnet, ein älterer Mann stand auf dem Gang, bereit auszusteigen. Andere Passagiere haben noch auf ihren Plätzen gesessen, sie würden erst in der Innenstadt, am Hauptbahnhof, ihr Fahrtziel erreichen. Der Zug hat seine Fahrt verlangsamt, ist ausgerollt. David ist an dem älteren Mann vorbeigehuscht, auf den Bahnsteig gesprungen, plötzliche Energie hat ihn durchströmt, er ist zur Bushaltestelle gelaufen, hat schon den Bus nach Helsinki-Vantaa dort stehen sehen.

Die Fahrtzeit beträgt zwölf Minuten. Er ist die Strecke nie gefahren, aber er hat sie auswendig gelernt, vor Jahren schon, mit dem Gedanken, sich irgendwann auf den Weg zu machen. Irgendwann, wenn die Zeit gekommen ist. Jetzt ist sie gekommen.

Der Bus ist spärlich besetzt, sein Geld reicht für das Ticket, jetzt hat er noch achtzig Cent, er setzt sich in die letzte Reihe. Während der Fahrt beginnt die Sonne, kräftig zu scheinen, der Regen scheint nie da gewesen zu sein, und David denkt an Schnee. Schnee, der auf den Baum und das Baumhaus rieselt, wie Zuckerwatte, er könnte Valtteri zum Adventstee einladen im Winter.

Kurz muss er lächeln, wegen des fremden Wortes, an

das er denkt. Adventstee. Mama liebt Adventstee, im Kreis der Familie.

An der Haltestelle *Vantaa* steigt er aus. Das Flughafengebäude liegt wie ein großes Schiff unter dem Sommerhimmel. Er geht an dem riesigen Hotel vorbei und erreicht bald den Komplex aus Wohnungen, der sehr neu aussieht, sehr sauber. Als Papa hier eingezogen ist, waren die Häuser gerade erst gebaut worden, daran erinnert er sich, er hat es aufgeschnappt, als Papa wegen des Vertrages mit dem Makler telefonierte.

Als er den Blick hebt, glaubt er für einen Moment, Papa oben auf einem Parkdeck stehen zu sehen. Aber es ist nur ein Moment, vor den sich die Sonne schiebt. Die Tür zur Nummer 24 steht offen, er betritt das Treppenhaus und läuft nach oben, bis er neben einer weißen Tür seinen Namen stehen sieht. Nystad.

David setzt sich auf eine Treppenstufe und beginnt zu warten.

Kimmo

Am späten Vormittag sitzen sie im Besprechungsraum. Joentaa hat Schwierigkeiten, sich zu konzentrieren. Genau genommen, gelingt es ihm gar nicht. Sundström spricht, Niemi spricht, die Brandermittlerin spricht.

Aber Joentaa denkt die ganze Zeit an Valtteri, der seinen Kakao schon ausgetrunken hatte, als Joentaa noch mal nach ihm gesehen hat. Er hatte sogar seinen Pyjama schon übergestreift, und Aune Ekman war gerade dabei, ihm klarzumachen, dass er müde sei. Sein müsse.

»Das stimmt«, hat Joentaa gesagt. »Ich bin nämlich auch müde, und wir waren ja ziemlich gleichzeitig wach heute Nacht.«

Und Valtteri hat genickt und ist schlafen gegangen. Träum gut, denkt Joentaa, und die Brandermittlerin spricht selbstgewiss in Rätseln.

»Entschuldigung, was?«, fragt Joentaa.

Sie wendet sich ihm zu. »Hm?«

»Was … ich hatte gerade …«

»Kimmo war in Gedanken«, sagt Sundström. Wohlwollend grinsend.

»Ah, o.k. Also, Trimethylamin und Propanol sowie Ethanol. Das ist alles nicht überraschend, mittels Gaschromatografie haben wir …«

Das Handy klingelt. Gut, denkt Joentaa. Moment. Er betrachtet das Display, das ist zu Hause, das ist Sanna.

»Moment«, murmelt er und entfernt sich, er tritt ans Fenster heran, während er schon Sannas Stimme hört.

»Wo bist du denn, Papa?«

»Ich bin … hat Petri …«

»Ja, Petri hat mir Frühstück gemacht, alles gut. Also … eigentlich habe ich ihm Frühstück gemacht, wir haben Müsli gegessen.«

Joentaa lächelt unwillkürlich, beim Gedanken an die beiden, die in der Küche ihr Müsli schlürfen. »Das ist gut, Meisterin«, sagt er.

»Aber wo bist du denn jetzt?«, fragt sie.

»Ich bin hier …«, sagt er, und dann rastet der Satz endlich ein. »Hier … wir besprechen was …«, murmelt er, während er schon seine Jacke nimmt und sich von den Stimmen entfernt.

»Kimmo?« Das ist Sundström, in seinem Rücken.

»Ich danke dir, Meisterin, du hast mich auf eine Idee gebracht«, sagt Joentaa.

»Kimmo? Haaallloo, wir sind hier gerade dabei … willst du uns schon verlassen? Hallo!«, ruft Sundström.

»Aha? Das ist doch gut«, sagt Sanna.

»Das ist sehr gut, Meisterin«, sagt Joentaa. »Bis später.«

»Was soll das heißen, bis später?«, ruft Sundström.

Joentaa läuft zum Aufzug, fährt nach unten, und dann rennt er, in der Hoffnung, dass Sanna tatsächlich Davids Frage gestellt hat, zum Parkplatz.

Stefan

Im Flugzeug, über den Wolken, sitzt er am Fenster, neben einer jungen Frau, die in einer Zeitschrift blättert und ihm von Zeit zu Zeit neugierige Blicke zuwirft. Ein helles, freies Lächeln, das ihn streift, um abzugleiten. Beiläufig fragt er sich, welche Frage in diesem Lächeln verborgen liegt, es gibt nicht viele Möglichkeiten, aber einige, und eigentlich denkt er an Sakari. An das, was Sakari gesagt hat, damals, an einem anderen Tag in der Zeitschleife.

Es ist der Tag danach, ein Tag, der im freien Raum schwebt. Er sortiert noch einmal die Menschen, die Umgebung. Er ist angekommen, zurückgekehrt, aus Nordwijk, aus Amsterdam. Er spürt noch das Netz auf der Haut, das Wasser und Sand gesponnen haben, im feinen Wind, als er auf Höhe der Wellen stand. In einem Moment, in dem Emma noch gelebt hat. Drei Muscheln in seiner Hosentasche, die er am Strand eingesammelt hat, eine für Leena, eine für David, eine für Emma.

Als er ankommt, sitzt David im Wohnzimmer auf dem weißen Sofa und Leena am breiten Tisch neben der Küchenzeile. Daran erinnert er sich deutlich, wie Leena da sitzt, am glatten, sauberen Tisch, im funkelnden, glänzenden Raum, und David, einige Meter entfernt, von der Sonne beschienen, auf dem Sofa. Er selbst steht in der Tür, dann macht er einige Schritte, bleibt stehen. Sucht nach Worten, die nicht kommen. Leena hält den Blick gesenkt, David hebt ihn an, und er lächelt David zu. Sein Pilotenlächeln.

Dann wendet er sich, noch immer lächelnd, ab und läuft, über den fein geharkten Kiesweg, der Gärtner ist da gewesen, denkt er, dann ist er auf der Straße, drückt die Klingel, geht schon die Einfahrt hinauf, da steht das Auto von Magnus, und die Tür wird geöffnet, von Aune. Auch Aune schweigt, so wie David und Leena, er nickt ihr zu, da ist immer noch das verdammte Lächeln auf seinem Gesicht, und Magnus ist es, der endlich zu sprechen beginnt, als Stefan im Raum steht, Magnus erhebt sich von einem Sofa, kommt auf ihn zu, die Arme ein wenig abgewinkelt, Merkwürdiges sagend.

»Stefan. Wir sind untröstlich.«

Das sagt Magnus tatsächlich. Er steht Stefan gegenüber, und Stefan spürt sofort, dass sie sich auf derselben Ebene begegnen. Magnus begreift gar nichts, ebenso wenig wie er selbst.

Stefan nickt, und nach einigen Sekunden fühlt sich der Moment traurig an. Vielleicht, weil er von Magnus irgendetwas anderes erwartet hat. Magnus hat immer Ideen, er ist so eine Art Genie. Er kann Roboter bauen. Ihre Freundschaft ist von gegenseitiger Wertschätzung geprägt, und jetzt stehen sie sich gegenüber, den Moment verleugnend.

Magnus wird Emma nicht zusammensetzen können, er kann noch nicht mal eine Maschine bauen, die ihr ähnelt.

»Zu früh.«

Das ist Sakaris Stimme. Stefan wendet sich um und sieht ihn an der Treppe stehen. Er überspringt eine Sekunde, dann noch eine, dann denkt er: Du Unglücksvogel.

Wie Sakari da steht. Wie ein Kind. In einigen Wochen wird er sich entfernen. Auch er wird sich einkapseln, auch er wird in einer Welt leben, die er nur mit sich selbst teilen muss. Mit einem Unterschied. Im Gegensatz zu Stefan wird Sakari Emmas Stimme hören können. Aber die Stimme wird nur ein Hirngespinst sein. Emmas Stimme. Eine Krankheit.

Unglücksvogel, denkt Stefan, als er im Haus der Ekmans Sakari an der Treppe stehen sieht.

»Ich bin zu früh aufgewacht«, sagt Sakari. »Emma wollte noch was sagen.«

Die Passagiere werden gebeten, die Sitzgurte anzulegen. Das Flugzeug kippt ab, in den Landeanflug.

»Ich kenne Sie«, sagt die Frau, die neben ihm sitzt.

Er wendet den Blick vom Weiß hinter dem Fenster ab und sucht ihre Augen.

»Ich kenne Sie«, sagt sie lächelnd. »Sie sind Stefan Nystad, der Billardspieler.«

Er schweigt.

»Ich habe Sie gleich erkannt«, sagt sie. »Auf den ersten Blick. Sie sind es doch?«

»Bedaure«, sagt er.

»Doch, doch, das war ein ruhiger Flug für mich. Ich habe die ganze Zeit gedacht, dass Sie ja dann, wenn dem Piloten irgendwas zustößt, den Vogel landen können.«

»Bedaure«, sagt er noch einmal.

Mich erkennen, denkt er. Auf den ersten Blick.

Er lächelt, ja, er spürt es, es ist das Lächeln, das den Piloten verrät.

David

Gerade, als er denkt, dass Papa nicht kommen wird, kommt der Mann, nach dessen Hand er gegriffen hat, im brennenden Haus. Ist er das wirklich?

Ja, doch, er läuft zügig, aber ruhig, zielstrebig, aber suchend, und David begreift sofort, dass er es ist, den er sucht. Das Gesicht des Mannes hellt sich auf, als er ihn sieht.

»David. Da bist du ja«, sagt er.

David schweigt. Betrachtet den Mann. Er freut sich darüber, dass er da ist, obwohl es alle seine Pläne durchkreuzt.

»Ich bin übrigens Kimmo«, sagt der Mann. »Kimmo Joentaa von der Polizei in Turku.«

Polizei in Turku, denkt David. Irgendwann hat er mal in ein Freundebuch eines Mitschülers geschrieben, dass er Polizist werden möchte. Kriminalpolizist. Das hat er nicht so genau geschrieben, aber gemeint. Kluger Kriminalpolizist, so wie Columbo, dieser lustige Kerl im beigen Mantel, der alle Fälle löst, einfach indem er spricht. Und schweigt.

»Kennst du Columbo?«, fragt David.

»Ich liebe Columbo«, sagt Joentaa.

Das ist nicht nur so dahingesagt. Dieser Kimmo Joentaa sieht nicht wie Columbo aus, aber irgendwie wundert sich David nicht darüber, dass er ihn kennt. Und mag.

»Dass du Columbo kennst, überrascht mich«, sagt Joentaa. Er lächelt jetzt. »Das sind ja … ziemlich alte Filme, die habe schon ich als Kind gesehen.«

»Ja, ja … ich mag alte Filme. Ich schaue irgendwie meistens das, was die anderen … verpassen.«

Joentaa lacht. David spürt, wie erleichtert er ist, ihn gefunden zu haben. Da steht ein Mann, ein fremder Mann, der unendlich erleichtert darüber zu sein scheint, dass er da ist. Dass er … immer noch da ist. Also hier. Auf dieser Treppenstufe. In diesem blitzblanken, gläsernen Haus.

»Ich wollte zu Papa, aber ich glaube, dass er nicht kommt. Wir können bald los«, sagt David.

»O. k.«, sagt Joentaa.

»Wir können direkt ins Gefängnis fahren«, sagt David. »Ich habe das Haus angezündet. Habe alles kaputt gemacht und mich gut gefühlt dabei.«

Leena

Als sie erwacht, begreift sie sofort, worin der Unterschied besteht. Was anders war, gestern.

Gestern haben die Tränen gefehlt. Es sind keine großen Tränen, keine, die die Wangen hinablaufen, es sind Tränen, die die Augen benetzen. Feuchte Augen, zuverlässig feuchte Augen, Morgen für Morgen, bei jedem Erwachen, seit vier Jahren, seit dem Tag, an dem Sakari das Motorrad genommen hat, um mit Emma ans Meer zu fahren.

Gestern sind ihre Augen zum ersten Mal trocken gewesen, als sie erwachte. Das muss wohl mit dem zusammenhängen, was die Ärztin gesagt hat. Terttu Dahlgren.

Der Name steht hinter ihrer Stirn, eingemeißelt. Das, was sie gesagt hat, ist eher vage, unwirklich. Ein künstliches Koma. Nach einem Sturz. Und einem Brand.

Das Koma habe nur einen Tag angedauert, hat Terttu Dahlgren gesagt, als wolle sie sie beruhigen, als wolle sie ihr Mut zusprechen.

Aus einem künstlichen Koma erwacht man also mit trockenen Augen, denkt sie. Weil es ja kein Schlaf ist, keine Träume schleichen sich ein, um zu bleiben, bis zum Morgen, kein Bild von Emma nimmt Formen an, das ist erst jetzt wieder passiert, in der Nacht, im Schlaf, im Traum.

Emma, kerzengerade stehend, in einem hellen Tag, umgeben von gelben Schmetterlingen. Sie hat etwas geflüstert, das Leena genau verstanden hat, aber als sie die Augen aufgeschlagen hat, haben sich die Worte zurückgezogen, sind verschwunden.

Sie liegt, spürt die Tränen als samtweichen Film auf den Lidern und an den Wimpern, und sie denkt den ersten Gedanken, den zweiten, den dritten. Drei Gedanken, immer die gleichen, seit vier Jahren.

Dass es nicht stimmt, dass es nicht sein kann. Erstens.

Dass es nicht geht, dass es nicht sein darf. Zweitens.

Dass es keinen Weg ins Licht gibt, wenn das Licht erloschen ist. Drittens.

Während sie über die Autobahn fahren, immer geradeaus, senkt sich die Sonne herab, sie steht direkt über den Bäumen des weiten Waldes und scheint so hell und stechend, dass kaum noch etwas zu sehen ist.

Joentaa kneift die Augen zusammen und setzt eine Reihe von Gedanken zusammen, verbindet sie zu einem Netz, obwohl es Gedanken sind, die er noch gar nicht zu Ende gedacht hat. Die Gedanken verwirren und verbinden sich. Verwirren und verbinden sich. Einen Fehler machen, denkt er. Das geht ihm nicht mehr aus dem Kopf. Wir müssen dringend etwas Überraschendes machen, etwas Falsches, denkt er, und sieht David an, als müsse der zustimmend nicken, als müsse er verstehen, was Joentaa gar nicht sagt.

»Sie fahren mich also ins Gefängnis«, sagt David.

»Ja, ja«, sagt Joentaa. »Hm? Nein, entschuldige, natürlich nicht.«

»Was soll das?«, fragt David.

Joentaa schweigt.

»Ich habe alles kaputt gemacht. Ich habe das Feuer gelegt«, sagt David.

»Ja …«, sagt Joentaa. Feuer legen, denkt er.

»Sie müssen mich da hinbringen«, sagt David.

»Nein«, sagt Joentaa.

»Sie müssen.«

»David, du kommst nicht ins Gefängnis. Du bist … zu jung.«

»Das ist Quatsch.«

»Nein, das ist kein Quatsch.«

»Egal.«

»Habe ich dir erzählt, dass ich eine Tochter habe? Sanna. Da fahren wir hin. Zu uns.«

»Was?«

»Und erzähl mir bitte nichts davon, dass es doof ist, mit Mädchen zu spielen.«

David schweigt. Als Joentaa seinen Blick sucht, muss er unwillkürlich lachen, über Davids Verwirrung. Das Lachen fühlt sich befreiend an. Davids Verwirrung fühlt sich befreiend an. Es ist gut, dass David noch einen Raum findet in sich, einen Raum, in dem er verwirrt sein kann. Überrascht. Alles ist gut, alles, was anders ist als erwartet.

Irgendwann fahren sie unter der Sonne hindurch, passieren eine Grenze, befahren das Schattige, die Konturen schälen sich heraus, alles wird klar, überdeutlich. Joentaa biegt nach rechts ab, auf den Waldweg, der zu einem Zuhause führt. Es ist nicht Davids Zuhause, aber es ist ein Zuhause. Sein Zuhause.

»Wir essen … ein Eis. Und dann überlegen wir. In Ruhe. Es gibt Moltebeere, Minze und Himbeere«, sagt Joentaa. »Was würdest du nehmen? Spontan.«

David hebt den Blick. »Minze.«

»Wie Sanna«, sagt Joentaa. »Aber keine Angst, sie ist höflich, sie wird es dir überlassen, selbst wenn es das letzte ist. Und wenn wir keins mehr haben sollten, kaufen wir eins.«

Der Wagen rollt aus. Unten am Steg sitzt Sanna. Mit Marisa. Joentaa erinnert sich an seine Kindheit. Ein weicher, vager Gedanke daran, wie schüchtern er gewesen ist.

»Sie hat eine Freundin zu Besuch. Das hätte mir in deinem Alter weiche Knie gemacht, aber du bekommst das hin«, sagt Joentaa. »Und denk daran, ich sorge dafür, dass du das Pfefferminzeis bekommst.«

Er steigt aus. Spürt die Wärme der Sonne und sieht David, mit weit aufgerissenen Augen, auf dem Beifahrersitz. Er öffnet die Fahrertür, setzt sich wieder neben ihn.

»Was ist?«, fragt er. »Sag nicht, dass du so schüchtern bist wie ich damals. Also, bin ich ja heute noch …«

»Wer ist das?«, fragt David.

Joentaa folgt seinem Blick. Petri Grönholm kommt ihnen entgegen, er läuft, hält inne. Steht da, im Raum zwischen dem Auto und dem Steg und dem See. Im Hintergrund sind die Mädchen so vertieft in die Bilder auf dem Tablet-Computer, dass sie nichts bemerken.

Nichts bemerken, denkt Joentaa. Einfach nicht da sein. Nicht da sein, wenn das Schlimme passiert, und niemals davon erfahren. Weiterleben dürfen.

»Wer ist der Mann?«, fragt David noch einmal.

»Das ist ein Kollege von mir. Er heißt Petri«, sagt Joentaa.

»Nein, nein«, sagt David.

»Doch, wirklich. Das ist Petri Grönholm, ein Kollege.«

»Er hat Sakari erschossen«, sagt David.

Ja, denkt Joentaa. Und dann spürt er, dass sich ein Stein löst, ein Stein aus dem Mosaik. Es hat alles die ganze Zeit gebröckelt, aber jetzt löst sich der erste Stein und dann der zweite, der dritte. Die Steine fallen, so wie die Bretter des Baumhauses sich gelöst haben und zu Boden gefallen sind, in einem Sturm, in einem Regen, der zu heftig gewesen ist, auf eine Weise heftig, die nicht erlaubt sein dürfte. Joentaa sieht, dass Petri näher kommt, langsam, vorsichtig, Schritt für Schritt. Joentaa öffnet die Tür und steigt aus.

»Hallo, Kimmo«, sagt Grönholm. »Ich … muss dann gleich los, ich habe …« Grönholm bleibt stehen, sein Blick sucht David, der still auf dem Beifahrersitz verharrt. Die beiden sehen sich an. Beide fragend.

»Das ist der Junge«, murmelt Grönholm leise. »Der Junge mit dem Eis. Am Brunnen.«

Die Steine fallen, und als sie am Boden aufschlagen, bilden sie ein neues Muster. Kimmo Joentaa denkt über Impulse nach, letzte Impulse. Linien, die zusammenfinden, weil andere die eingeschlagene Richtung verlassen haben.

»Du bist doch der Junge, du hast das Eis gegessen«, sagt Grönholm. Er beugt sich ein wenig in Davids Richtung, zur Fahrertür hin.

David schweigt.

»Das ist David«, sagt Joentaa. »David Nystad.«

Grönholm nickt. »Aha. Ja«, sagt er, und Joentaa denkt an die Bilder, flimmernde bewegliche Bilder im Sonnenlicht, Petri ein schwarzer Fleck, Sakari hell und schmal, sitzend, dann aufrecht stehend, aufrecht gehend, und am Bildrand ein Junge, mit einem Eis. David. Er denkt an die Nacht, in der er das Video gesehen hat, gemeinsam mit Petri Grönholm, Petri hat auf dem Sofa im Wohnzimmer gesessen, und er denkt daran, dass viele es gesehen haben, in derselben Nacht, vor anderen Bildschirmen und Displays sitzend.

»Ich hatte Sakari lange nicht gesehen«, sagt David. »Habe ihn aber schnell erkannt. Ich glaube sogar, dass er mich auch erkannt hat. Irgendwie. Aber er war auch … woanders. Ich habe Meloneneis gegessen.«

Alles auflösen, denkt Joentaa. Knoten lösen, Ordnung schaffen, alles auf den Kopf stellen.

»Kimmo, ich … muss dann los. Ich habe den Termin bei Aku Streb …« Petri spricht ganz leise, er flüstert fast.

Joentaa nickt. »Ja, mach das«, sagt er, aber seine Gedanken sind an einem anderen Punkt. An dem Punkt, an dem eine Linie auf die andere trifft. Petri Grönholm läuft zu seinem Wagen, steigt ein, fährt los. Entfernt sich. David sieht dem Wagen nach, während er auf den Waldweg in Richtung Landstraße einbiegt.

Das Video, denkt Joentaa. Ein Ereignis vervielfältigt sich, es passiert und passiert und passiert, immer von Neuem, vielleicht haben sogar die Mädchen es schon gesehen, vielleicht sehen sie es gerade, in diesem Moment, mit den Fingern über das Display des Tablets streichend.

»Ich habe bei Sakari immer an Zitrone gedacht, jetzt denke ich an Melone«, sagt David.

Joentaa setzt sich wieder in den Wagen, neben David.

»Ich muss gleich los, ein paar Sachen erledigen«, sagt er. »Hast du vielleicht Lust, mit den beiden zu spielen? Du kannst auch schwimmen, wenn du magst.«

»Schwimmen klingt gut«, sagt David. Das kommt intuitiv, impulsiv, und Joentaa denkt, dass David an kühles Wasser denkt, an anderes Wasser. Gutes Wasser. Kein Regen.

»Bestens«, sagt er. »Du kannst meine Badehose nehmen, die wird dir zu lang sein, aber man kann sie oben festbinden, das müsste eigentlich gehen.« Joentaa lächelt.

»Ja?«, fragt David.

»Ja. Komm, wir sagen erst mal den beiden Hallo, die haben noch gar nicht gemerkt, dass wir da sind.«

Joentaa steigt aus, geht voran, es fühlt sich gut und richtig an, zu laufen, in Bewegung zu sein. Er dreht sich um und sieht, dass David ihm, ein wenig zögerlich, folgt.

»Komm, David. Sanna wird sich freuen, dich kennenzulernen. Marisa auch.«

David nickt.

Joentaa bleibt stehen. Ein Gedanke formt sich weiter aus, er besteht aus mehreren kleineren Gedanken, die zusammenpassen müssen. »Heute Abend, wenn ich zurückkomme, fahren wir zur Polizei. Nicht ins Gefängnis, aber zu einigen Kollegen von mir. Sie werden dich fragen wollen, was … was passiert ist.«

»O. k.«, sagt David.

»Ich möchte dich bitten, dann nichts zu sagen, was nicht stimmt.«

»Es stimmt aber«, sagt David.

»David, ich bitte dich, heute Abend nichts anderes zu sagen als das, was du weißt.«

»Ich habe doch schon gesagt, was ich weiß. Ich habe das Feuer gelegt.«

»Nein, David.«

David schweigt, und Joentaa denkt an Stefan, an Leena. Und daran, dass Emma nicht mehr da ist. Nicht mehr existiert. Einfach so. Die gelebten Momente sind vergangen. Die versäumten Momente auch. Aus und vorbei.

Er kennt es, er hat es gespürt, hat es erlebt, vor einer Reihe von Jahren. Einen Menschen zu verlieren, für immer. Sich zu erinnern, mit allen Fasern, und gleichzeitig zu spüren, dass der Geliebte nichts davon weiß. Weil er nicht mehr da ist. Einfach weg. Ersatzlos gestrichen. Aus und vorbei. Es könnte ebenso gut gestern gewesen sein. Oder morgen.

Und jetzt … hier und jetzt … sitzt Sanna, in einiger Ferne, am Steg, am Wasser, mit baumelnden Beinen. Sanna, die nichts von der Verantwortung weiß, die sie trägt. Sein Lebenslicht zu sein.

Er hört ihre Stimme, die sich mit Worten vermengt, die ihm zufliegen, auf den Flügeln von gelben Schmetterlingen, die Worte finden ein Lied oder ein Gedicht, das sich innerhalb von Sekunden alleine schreibt. Buchstabe für Buchstabe, Wort für Wort. Hätte das Gedicht einen Titel, würde es *Emma* heißen, aber es hat keinen Titel. Es sind nur Worte.

Dann kommt die Zeit, denkt er. In der nichts war, wie es bleibt. Hoffnung … verreist.

»Ich möchte es aber gemacht haben«, sagt David.

Sehnsucht … vergisst.

»Ich möchte … das Feuer gelegt haben.«

»Ich weiß, David. Ich weiß.«

Und du … wirst vermisst.

Wirst vermisst, vermisst, vermisst.

PETRI

Vernehmung von PETRI GRÖNHOLM (Tonbandaufnahme); Anwesend: Aku S., Salomon P. (Vernehmungsleiter 1 und 2) sowie Petri Grönholm;

–

AS: Kannst du uns … können Sie uns berichten, wie es zu der Situation kam, in der die tödlichen Schüsse auf Herrn Sakari Ekman fielen?

Grönholm: Ja. Sicher.

AS: Dann … bitte.

Grönholm: Es fällt mir schwer.

AS: Sie … fuhren zum Marktplatz, aufgrund eines Notrufs, der einging, bezüglich eines Mannes, der sich ... entblößt hatte und mit einem Messer in den Brunnen gestiegen war.

Grönholm: Ja. Zu diesem Zeitpunkt wusste ich nicht, dass es ein Junge war.

AS: Herr Ekman ... war ... Moment ... 19 Jahre alt, im 20. Lebensjahr.

Grönholm: Ein Kind.

AS: Das ist nicht ganz zutreffend.

Grönholm: Glaub es mir einfach.

AS (räuspert sich): Ja ... also, Sie fuhren hin, zum Marktplatz. Welches Bild von der Situation bot sich Ihnen, als Sie ankamen?

Grönholm: Helle Sonne. Es war warm. Sehr warm. Heiß.

AS: Ja. O.k., Sie stiegen aus dem Wagen, gingen zum Brunnen ... in Begleitung des Kollegen Persson, so hat er das zumindest ausgesagt.

Grönholm: Ja, wir kamen zur gleichen Zeit an. Ich dachte, dass es eigentlich kein falscher Gedanke ist ... zu schwimmen ... oder ein Bad zu nehmen, ein kühles Bad.

(Schweigen)

Grönholm: Vor allem dachte ich daran, dass es einfach nicht stimmt, dass es nicht richtig ist.

AS: Was genau ...

Grönholm: Dass da jemand ist, der alles stört, der alle ... verstört, in Angst versetzt, die Kinder erschreckt, den Jungen mit dem Eis ...

AS: Gut, Sie traten also an die Szene heran ...

Grönholm: Ich dachte an zu Hause. Ich wohne da nämlich. Ich konnte meine eigene Wohnung sehen, im Sonnenlicht.

AS: O. k. Gut. Sie traten an den Brunnen heran, an dem sich bereits die Polizisten aufhielten, die etwas früher eingetroffen waren.
Grönholm: Ja.
AS: Ihrem Dienstgrad entsprechend übernahmen Sie die Dialogführung ...
Grönholm: Ich habe nicht an Dienstgrade gedacht.
AS: Sie begannen einen Dialog mit Sakari Ekman. Sie sprachen ihn an.
Grönholm: Ja.
AS: Was sagten Sie?
Grönholm: Ich weiß nicht mehr genau. Ich denke ... ich sagte, dass er das Messer weglegen solle.
AS: Weil er begonnen hatte, sich Verletzungen zuzufügen. Im Sinne einer Selbstgefährdung.
Grönholm: Ich weiß nicht ... ja, doch, er hat sich Wunden zugefügt. Da war Blut an seinen Armen. Schmale ... Streifen.
AS: Sie versuchten, ihn von diesen Selbstverletzungen abzuhalten. Wie reagierte er?
Grönholm: Ich habe einen Riesenfehler gemacht.
AS: Inwiefern?
Grönholm: Ich habe ihm gesagt, dass er kein Engel ist.
AS: Bitte?
Grönholm: Er sagte, er sei ein Engel.
(Schweigen)
Grönholm: Ich sagte, das stimme nicht.
AS: Nun, er war ja auch ... kein Engel.
Grönholm: Er war traurig. Als ich das sagte. Und verwirrt.
AS: Gut. Er reagierte also auf Ihre ... Hinweise ablehnend. Er fuhr fort, sich selbst zu verletzen.

Grönholm: Ja.

AS: Laut Aussage mehrerer Kollegen versuchten Sie erneut, ihn von den Selbstverletzungen abzubringen. Ist dem so?

Grönholm: Ja, natürlich.

AS: Was er nicht tat. Was geschah dann?

Grönholm: Ich weiß nicht. Was denn?

AS: Stiegen Sie in den Brunnen?

Grönholm: Ach so. Ja.

AS: Sie wollten ihn dazu bewegen, das Messer abzulegen.

Grönholm: Das war ein Fehler.

AS: Ein Fehler?

Grönholm: Ja, in den Brunnen zu steigen. Das war ein Fehler.

AS: Es war ein Fehler, Sakari Ekman vor seinen Selbstverletzungen schützen zu wollen?

Grönholm: Es war ein Fehler, in den Brunnen zu steigen. Die Distanz zu verringern, zwischen uns beiden.

AS: Aber Sie taten es in der Hoffnung, Herrn Ekman dazu zu bewegen, das Messer abzulegen.

Grönholm: Das ja. Ich sagte, dass er das Messer ablegen solle. Ich sagte es am Ende sehr laut.

AS: Was passierte dann? Reagierte Herr Ekman positiv? Legte er das Messer ab?

Grönholm: Nein.

AS: Was tat er?

Grönholm: Er ... stand auf. Ziemlich abrupt. Es hat mich erschreckt, ich bin zurückgewichen.

AS: Und dann?

Grönholm: Ich habe an zu Hause gedacht.

AS: O.k. Was tat Herr Ekman?
Grönholm: Er begann zu laufen. Es war ... komisch. Es passierte sehr langsam und zugleich sehr schnell.
AS: Sie fühlten sich bedroht?
Grönholm: Ja. Ich glaube, als der erste Schuss fiel, habe ich geahnt, dass etwas falsch ist. Dass alles in Wirklichkeit anders ist. Dass es ein Junge ist und dass er ... sich einfach anziehen und woanders hingehen könnte ...
AS: Sie haben geschossen?
Grönholm: Ja.
AS: In dem Gefühl, bedroht zu sein?
Grönholm: Ja.
AS: Wie oft haben Sie geschossen?
Grönholm: Ich weiß nicht. Mehr als einmal. Ich glaube, dreimal. Er ... lief noch weiter. Er kam näher.
AS: Er kam auf Sie zu, mit dem Messer?
Grönholm: Ja.
AS: Was taten Sie, nachdem Sie die Schüsse abgegeben hatten?
Grönholm: Ich ... verließ den Brunnen. Was danach war, weiß ich gar nicht mehr genau ... ich dachte ...
AS: Ja?
(Schweigen)
AS: Herr Grönholm?
Grönholm: Ich war verwirrt. Ich habe gezittert. Während ich zum Wagen gelaufen bin. Und da war dieser Gedanke, in der Verwirrung.
AS: Ja?
Grönholm: Dass er vielleicht ein Engel war.

Er kauft ein, am frühen Abend. Alles, was er braucht. Die Zutaten finden sich leichter als gedacht, in diversen Läden, speziell in Baumärkten hat er sich immer so fremd gefühlt, aber heute hat er den Eindruck, ein Schlafwandler zu sein, unbehelligt, zielsicher auf vorgegebenen Wegen.

Während er vom großen Parkplatz auf die breite Straße des Industriegebietes einbiegt und zur Autobahnauffahrt fährt, denkt er an David. An Leena, an Stefan. Er hat Stefan Nystad nicht erreicht. Nicht mal die Mailbox. Eine Textnachricht fand den Empfänger nicht. Vielleicht gut so, denkt er. Vielleicht muss er noch am Text feilen. Die Worte wägen, bis sie richtig sind. Bis sie genau zu Stefan passen, bis sie ein Schlüssel zu seinem Käfig sind.

Als er nach Hause kommt, spielen die Kinder im Garten. Es ist wie ein Traumbild. Sanna und David, Marisa ist wohl schon abgeholt worden. Er parkt den Wagen unter dem Apfelbaum und sieht ihnen zu. David trägt eine viel zu große Badehose. Er lacht nicht, er lächelt auch nicht, aber er spricht. Scheint Sanna etwas zu erklären. Er ist ja auch der Größere, Ältere. Er elf, sie bald zehn. Joentaa spürt ein Lächeln, es liegt sanft schmerzend auf seinen Lippen.

Er greift nach seinem Handy, das auf dem Beifahrersitz liegt, und wählt die Nummer von Sundström.

»Ja?«, fragt Sundström, am anderen Ende.

»Paavo, hier ist Kimmo. Ich habe den Jungen gefunden, David.«

Sundström schweigt.

»Er ist … es ist alles in Ordnung. Wir sind zu uns gefahren. David spielt ein wenig, mit Sanna und Marisa.«

»Bitte was?«, fragt Sundström.

»Sie verstehen sich gut, glaube ich.«

»Kimmo, was faselst du? Warum ist der Junge nicht hier?«

»Wir kommen gleich. Ich werde ihn bringen und würde ihn dann später gerne wieder mitnehmen. Er kann bei uns übernachten. Ich weiß, dass das nicht üblich …«

»Nein, in der Tat, das ist nicht üblich«, unterbricht Sundström.

»Ich werde nicht darüber diskutieren.«

»Aha. Kimmo wird nicht darüber diskutieren«, sagt Sundström.

Joentaa wartet für eine Weile, aber Sundström sagt nichts mehr.

»Bis bald«, sagt Joentaa.

»Ja. Bis bald«, sagt Sundström.

Joentaa steigt aus dem Wagen und geht auf die Szene zu. Auf das Bild. Bewegliche Bilder, denkt er. David macht einen Schritt auf Sanna zu. Und Sanna auf David. So wie in einem anderen Moment, unter anderen Umständen, Petri einen Schritt gemacht hat. Und Sekunden später Sakari. Sekunden vor seinem Tod.

»Hallo, ihr beiden«, ruft Joentaa.

»Hallo, Papa«, ruft Sanna.

David sieht ihn nur an. Fragend, schwankend. Seitdem Joentaa ihn auf der Treppe hat sitzen sehen, hat er immer den Eindruck, dass David kaum merklich hin- und herschwankt. Von der einen zur anderen Seite und wieder zurück.

»David schwimmt super«, sagt Sanna. »Sogar mit dieser Hose.«

»Vor allem mit dieser Hose«, sagt Joentaa lächelnd.

»Ich habe die letzten Wochen viel mit meinem Bruder … geübt. Er … konnte schon Bahnen schwimmen, obwohl er der Jüngste war. Also, in dem Schwimmkurs.«

Joentaa nickt. Unterdrückt den Schmerz, der von den Schläfen zu den Augen wandert. Ausatmen. Alles auf dem Weg, denkt er. Auf dem einen, den es noch gibt. Vielleicht.

»Komm David, wir fahren. Ich habe meinem Kollegen Paavo Sundström gesagt, dass wir vorbeikommen. Ich habe ein bisschen was zu erledigen, und dann hole ich dich ab, und wir verbringen den Abend bei uns. Ruhig und gemütlich. Was hältst du davon?«

David steht still. Kaum merklich schwankend. Er nickt. »O. k.«, sagt er.

»Bis später, Meisterin«, sagt Joentaa.

Dann laufen sie zum Wagen, steigen ein. Sanna hebt den Arm, winkt, während Joentaa anfährt und auf den Waldweg einbiegt. Bis später, denkt er. Und daran, dass die Welt in ein paar Stunden schon anders aussehen wird. Nicht besser, aber anders.

Stefan

In Nordwijk kehrt er zurück, in die Zeitschleife. Fügt sich sanft ein oder wird sanft eingefügt, unwillkürlich, er muss gar nichts tun.

Er steht am Strand, und alles ist gleich. Nichts ist passiert, seitdem er sich umgedreht hat und gegangen ist. Der

Sand. Das Wasser, das sich in flachen Wellen auf ihn zubewegt und versickert, bevor es seine Füße erreicht. Silhouetten von Schiffen am Horizont. Muscheln am Boden, nach denen er greifen könnte.

Emma hat glatte, farbige gemocht. Überraschende. Muscheln, die anders waren als erwartet.

Er tut, was er getan hat. Dreht sich um, geht zurück. Über den Sand, über die Düne, zur Strandpromenade. Das Verrückte ist, dass Magnus recht gehabt hat. Mit seinen dummen Worten, am Tag nach dem Tag, an dem Sakari das Motorrad genommen hat.

Wir sind untröstlich, Stefan.

Das ist das richtige Wort, nur falsch angewendet, falsch zugeordnet, weil es auf der falschen Zunge gelegen hat. Nicht Magnus war untröstlich, sondern er, Stefan, ist es.

Er läuft, in der Schleife, in der Abendsonne, die Treppe hinunter, auf die anderen Worte zu, die angeregten Gespräche, das Gemurmel und Gerede der Sommerurlauber. Er ist nicht überrascht darüber, dass der Wirt des Fischrestaurants ihm etwas zuruft. Derselbe Wirt, in derselben Pose stehend.

Stefan hebt die Hand zum Gruß, läuft weiter, denkt, dass alles gleich ist, auch heute wird er in diesem Restaurant nicht zu Abend essen, und erst einige Minuten später kommt ihm der Gedanke, dass eines anders war.

Nicht besser, aber anders, er hat vergessen zu lächeln.

Dann ist alles in der Schwebe, nur der Abend hängt sanft in einer schiefen Ebene, ein Zentimeter noch, dann wird er aus der Zeit fallen.

Sundström sagt etwas, das Kimmo Joentaa kaum hört, es ist nicht mehr wichtig, nicht interessant. Er sucht Davids Augen, David sitzt auf einem Stuhl vor Sundströms Schreibtisch, und Joentaa denkt, während er sich verabschiedet, schon an den Moment, in dem er zurückkehren wird.

Er geht noch einmal in sein Büro, loggt sich in die Intranet-Akte ein und studiert die jüngsten Erkenntnisse, insbesondere zur Brandermittlung.

Dann läuft er über den Flur zum Aufzug und dann durch die große Eingangshalle, vorbei an der Cafeteria, nach draußen. Er fährt, ein wenig schneller als sonst.

Nach einer Weile passiert er die Stelle, an der das orange und schwarze Motorrad gelegen hat, links von ihm liegt die gelbe Wiese, wie ein Teppich ausgebreitet. Er denkt an das Motorrad, an Sakari, an Emma, aber es sind nur Gedanken, einzelne Gedanken, die nicht miteinander verschmelzen, es wird kein Bild daraus.

Das beige Holzhaus, unten am Badestrand, das einige Hundert Meter neben dem Anlegeplatz der Fähre steht, ist ihm aufgefallen, als er diese Strecke vor nicht langer Zeit schon einmal gefahren ist, gemeinsam mit Petri Grönholm. Ein Zufall, denkt er, dass sein Blick einige Zeit später die kleine Schlagzeile der Lokalzeitung aufgefangen hat, daneben das Foto dieses Hauses, an dem das Schild mit der Aufschrift *Strandbad Naantali* hängt. Die Buchstaben sind blau. Blau auf Beige.

Joentaa parkt den Wagen, nimmt die Reisetasche aus dem Kofferraum, wirft sie über die Schulter und läuft. Immer weiter entfernt er sich von der gelben Fähre, die kaum merklich hin- und herschaukelt. Im Führerhaus ist niemand zu sehen, die Fähre wird erst morgen wieder über das Wasser fahren, er hat die Fahrpläne nachgeschlagen.

In der Ferne, am anderen Ufer, sitzen Jugendliche auf der Terrasse einer kleinen Bar, Joentaa sieht, wie sie von Zeit zu Zeit Gläser anheben und zum Mund führen, er hört leise ihr Lachen, der Wind trägt es über das Wasser.

Er läuft weiter, nähert sich dem flachen beigen Holzhaus. Auf einem Plakat neben einem kleinen Kiosk sind Eissorten abgebildet, und auf einem Zettel, der im Wind flattert, wird Kaffee für 2,80 Euro angeboten. Limonade für 2,50. Joentaa tritt näher heran, betrachtet den stillen Raum hinter der Fensterscheibe. Neben einer Theke stehen einige Stühle und eine leere Tiefkühltruhe.

Der Strand ist verwaist, das Wasser plätschert leise gegen den breiten Steg. In einem Fenster an der Seitenwand des Hauses fehlt die Fensterscheibe. Joentaa nimmt die Reisetasche, wirft sie über die Schwelle und klettert selbst über die schmale Fensterbank hinweg in den leeren, dunklen Raum. Er sieht wieder die Tiefkühltruhe, ein Stromkabel liegt lose am Boden, die Steckdosen haben sich von den Wänden schon halb abgelöst.

Joentaa legt die Reisetasche ab und öffnet sie. Während er alles herausnimmt und nebeneinander aufstellt, denkt er, dass er selten in seinem Leben so wenig Ahnung von dem gehabt hat, was er tut. Vielleicht fühlen sich ja deshalb alle Handgriffe so leicht und selbstverständlich an.

Er hat die Intranet-Akte der Brandermittlerin aufmerksam studiert, hat sich einige ihrer Formulierungen eingeprägt, aber natürlich, das sind nur Worte.

Etwas ganz anderes ist die Geschwindigkeit, mit der sich in der Stille das Feuer ausbreitet. Es greift innerhalb von Sekunden nach dem Raum, nimmt ihn ein. Er denkt an David, spürt Davids Hand in seiner, die Erinnerung daran, während er die Tasche nimmt und aus dem Fenster klettert, zurück in den Sommerabend.

Er läuft den kleinen Abhang hinter dem Haus hinauf und zwischen den Bäumen zurück zum Parkplatz. Die Rufe der Jugendlichen von der anderen Uferseite klingen leise herüber, ebenso leise wandert das Feuer durch die Räume des beigen Holzhauses, das Dach steht schon hell in Flammen.

Er startet den Wagen und fährt los. Als er wieder auf Höhe der gelben Wiese ist, hört er, noch in der Ferne, aber schnell näher kommend, die Sirenen, und wenige Minuten später bleibt er am Rand der schmalen Straße stehen, um die Einsatzfahrzeuge vorbeizulassen.

David

Als der Polizist, Kimmo Joentaa, zurückkommt, muss David sofort an Feuer denken. Ein Feuer, das in ihm lodert, in seinen Augen, auf seinen Lippen, es umgibt ihn, wie ein Schleier.

Komisch, denkt David, dass Kimmos Kollege, Sundström, davon nichts zu bemerken scheint.

»Hallo, ihr beiden«, sagt Kimmo Joentaa. Er lächelt. »Alles gut? Können wir gehen? Habt ihr … ein gutes Gespräch gehabt?«

»Ja, wir haben gesprochen. Ein … richtiges … Protokoll gemacht, David hat erzählt, von dem … von den Dingen, die … passiert sind.« Sundström zwinkert David zu, und David denkt, dass das eigentlich nett ist, sicher lieb gemeint, dass Kimmos Kollege versucht, das Schlimme wie irgendetwas klingen zu lassen, wie eine beliebige Sache.

Ja, sie haben tatsächlich gesprochen, David hat davon erzählt, wie plötzlich überall diese Hitze gewesen ist, diese nicht normale Hitze, diese andere Hitze, wie schnell es ging und wie er nicht atmen konnte und wie die Flammen die Wege versperrt haben. Er hat davon erzählt, dass er gelaufen ist, gerannt und dass er im Baumhaus übernachtet hat, in der Hoffnung, endlich einmal ruhig schlafen zu können.

Das Klingeln kommt aus der Ferne. Alle drei, Kimmo, Sundström und er selbst, betrachten das Telefon, David liegt eine Frage auf der Zunge, die er nur spürt, die Worte fehlen.

Sundström nimmt das Gespräch entgegen. Hört zu, im Wechsel die Augenbrauen anhebend und die Augen zusammenkneifend. »Bitte was? Was genau soll denn das heißen … ja, das verstehe ich schon … und du bist wo?«, fragt er. »Ja. O.k. Ja.«

David denkt an Emma, an Erik. Er sieht sie in weicher, weißer Watte liegen, nebeneinander. Bruder und Schwester. Sundström spricht nicht mehr. Er hört auch nicht mehr zu. Er schweigt.

»Und?«, fragt Kimmo Joentaa.

Das ist ungewöhnlich, denkt David. Der Gedanke kommt unwillkürlich. Dass es ungewöhnlich ist. Kimmo Joentaa schweigt eigentlich immer, bis ein anderer zu reden beginnt.

»Ein Gebäudebrand. Das *Strandbad Naantali.*«

Jetzt schweigt Kimmo. Wartet. David wartet auch.

»Glücklicherweise … ist nach Lage der Dinge niemand zu Schaden gekommen, das Gebäude stand leer.«

»Ah«, sagt Joentaa.

»Ja, darüber wurde berichtet. In der Stadtverwaltung wird noch darüber gestritten, aus welchen Mitteln der Abriss und die Neugestaltung der Strandanlage finanziert werden sollen«, sagt Sundström.

»O. k.«, sagt Joentaa.

»Die Brandermittler und Kari Niemi sind vor Ort. Das Ganze ähnelt offenbar sehr … also, das war nur eine erste Einschätzung, aber es könnten dieselben oder derselbe gewesen sein.«

»Dieselben … derselbe …?«, fragt Kimmo.

»Brandstifter«, murmelt Sundström.

Kimmo

Dann fahren sie nach Hause. Die Dämmerung schwächt die Lichter ab, die der Tag gebracht hat, und Kimmo Joentaa denkt an die Fee des frühen Morgens. Er fragt sich, wie sie ihre Abende verbringt. Ihre Nächte. Im Winter, wenn sie die Hand nicht vor den Augen sieht.

Sanna läuft über die Wiese, als sie ankommen. Sie trägt

ein blaues Tablett mit Tellern, Gläsern und Besteck. David steigt aus, läuft ihr entgegen, zugleich zögerlich und zielstrebig. Erstaunlich, dass das möglich ist, denkt Joentaa. Zwei Dinge gleichzeitig zu tun, die nicht zusammenpassen, die einander auszuschließen scheinen.

Jetzt stehen sich die beiden gegenüber, Sanna, David. Jeder auf seine Weise Abstand wahrend, Nähe suchend. Sie wechseln Worte, die Joentaa nur sehen kann, durch die Windschutzscheibe, er hört sie nicht.

Dann geht er den beiden entgegen, nähert sich an, ist bei ihnen. Sanna hat gekocht. Nudeln. Mit Tomatensoße. Papas Soße, sagt sie, und David nickt, als sei das ganz einfach zu verstehen.

»Papas Soße, ich habe die nur nachgemacht«, sagt Sanna.

David isst mit gutem Appetit. Manchmal hat Joentaa den Eindruck, dass er ihm Blicke zuwirft. Verstohlene Blicke. Fragend, neugierig. Einmal lächelt er, und Joentaa fragt sich, welcher Gedanke in diesem Lächeln verborgen liegt, eingehüllt wie in eine wärmende Decke.

»David schmeckt's«, sagt Sanna.

»Mir auch«, sagt Joentaa.

»Du isst aber gar nicht«, sagt Sanna.

Joentaa sieht sie an.

Dann türmt sich die Welle auf und stürzt sich auf ihn. Erdrückt ihn, begräbt ihn. Sie besteht weder aus Wasser noch aus Feuer. Ein anderer Stoff. Weich. Unmöglich zu sagen, woraus er gemacht ist.

Er betrachtet seinen Teller. Spaghetti, Tomatensoße.

Er hebt die Gabel an und beginnt zu weinen.

»Papa?«, fragt Sanna.

»Alles gut«, sagt er.

Er nickt, hebt noch einmal die Gabel an, spürt den Geschmack auf der Zunge.

»Super, deine Soße, Sanna«, sagt er.

Er greift nach ihrer Hand, hält sie fest, und er findet Davids Blick, der auf ihm ruht.

Sonne, Schatten. Tanzen.

Kimmo

Am frühen Morgen ein Meeting, im Besprechungsraum. Sonnenlicht flutet herein. Sundström referiert neue Ermittlungsansätze. Eine veränderte Situation. Ein zweites Ereignis, das das erste in anderem Licht erscheinen lässt. Aber in welchem eigentlich? Brandursache identisch. Modus operandi. Das sagt die junge Brandermittlerin tatsächlich.

»Auch die Tageszeit«, sagt sie. »Also … wieder bei Tageslicht, nicht etwa um 3 oder 4 Uhr in der Nacht. Es gab sogar Augenzeugen, junge Leute in einem Café am anderen Ufer, aber sie haben nur das Feuer gesehen. Und Schatten.«

Schatten, denkt Joentaa.

»Schatten?«, fragt Heinonen.

»Ja. Ein Schatten habe sich entfernt. Richtung Parkplatz«, sagt Kari Niemi.

»Zwei Gebäudebrände innerhalb weniger Tage. Die beiden Häuser standen Luftlinie zwei Kilometer voneinander entfernt«, sagt die Brandermittlerin.

Luftlinie, denkt Joentaa.

»Ich muss ehrlicherweise sagen, dass ich zwar die Brandursachen ermitteln kann, aber die Idee, die hinter diesen … Ereignissen steht, entzieht sich mir vollkommen«, sagt sie.

Joentaa betrachtet sie. Er mag sie, sie ist so klar und selbstgewiss und vermutlich deshalb zuweilen so entwaffnend ehrlich. Idee, denkt er, damit trifft sie es eigentlich sehr gut, ohne es zu wissen. Welche Idee zugrunde liegt … da hat sie sicher recht, da muss man erst mal draufkommen.

»Kimmo?«, fragt Sundström.

»Hm?«

»Du … bist guter Dinge. Erleuchte uns.«

»Was?«

»Du lächelst still vor dich hin.«

»Ach so. Entschuldigt. Nein … es ist … schwer zu verstehen.«

»Hm«, sagt Sundström.

Dann gleitet Joentaa ab, während die anderen leise miteinander sprechen. Die Worte wabern durch den Raum, angenehm abgedämpft, und jedes einzelne hört sich richtig an. Alles auf dem guten Weg, alle suchen nach etwas, tastend, der eine behutsam, die andere forsch, ruhig ist das Gespräch, zielorientiert, aber ohne Fokus.

Die beiden Häuser, das blaue und das beige, werden unverbunden bleiben. Werden alleine stehen, jedes mit seiner eigenen Geschichte. Vielleicht wird das Strandbad wieder aufgebaut, jetzt, da der Abriss keinen Cent gekostet hat, vielleicht werden bald wieder Menschen die Tiefkühltruhe öffnen und nach Limonaden und Eistüten greifen.

Als zunächst Sundström aufsteht und dann die anderen, sind sich alle darin einig, beizeiten Licht ins Dunkel bringen zu wollen. Nur Kimmo Joentaa denkt schon an den Weg, den die Dunkelheit beschreiten könnte, zurück ins Licht.

Der Mann kommt am frühen Morgen, und sie weiß sofort, dass sie auf ihn gewartet hat, ohne ihn zu kennen.

»Guten Tag, Frau Nystad«, sagt er. Er nimmt einen Stuhl, trägt ihn ans Bett, setzt sich. »Ich bin Kimmo Joentaa von der Polizei in Turku.«

Sie wartet. Sieht ihm dabei zu, wie er Worte sucht. Nein, er hat sie schon gefunden. Er sucht nur nach dem Moment, sie auszusprechen.

»Der Gedanke hat sich aufgebaut, und am Ende war er da. In seiner vollen Größe. Und dann hat David am Brunnen gestanden. Auge in Auge mit Sakari.«

»Das letzte Bild«, sagt sie.

Der Mann sitzt einfach nur da, erwidert ihren Blick. Eins zu eins. Als würde sie in einen Spiegel schauen.

»Ich habe es in den Nachrichten gesehen. Sie haben es gezeigt, bis ein Schuss fiel, und dann ist Sakari hingefallen«, sagt sie.

Sie schweigt, der Mann schweigt.

»David hat es am Abend nicht erwähnt. Kein Wort«, sagt sie nach einer Weile. »Er hat mir geholfen, Fotos für Emmas Gedenkseite zu ordnen. Am nächsten Tag war es hell und sonnig, und Erik ist geschwommen, und ich konnte nicht klatschen. Ich wollte in die Hände klatschen, weil er schwimmt, aber es ging nicht. Ich hatte auch schon … alles vorbereitet.«

Jetzt ist ein Zucken in den Augen des Mannes. Dann ist er wieder ganz ruhig.

»Ich hatte alles vorbereitet. Während David Brötchen geholt hat. Wir haben gefrühstückt. Erik hatte Milch an den Lippen. Während ich das Brötchen gegessen habe, habe ich schon gespürt, dass wir tot sind.«

Stille. Der Satz klingt nach. Da sitzt dieser Mann, und er widerspricht nicht.

»Ein Kollege von mir, Petri, hat sie aus dem Haus geholt«, sagt er schließlich. »Er ist schuld daran, dass Sie noch hier sind.«

Sie sucht seine Augen. Etwas ist in seinem Blick, aber sie weiß nicht, was es ist. Sie spürt nur, dass er die Worte mit Bedacht gesprochen hat. Mit voller Absicht.

»Petri, derselbe Kollege, der sie aus dem Haus getragen hat, hat einen Tag zuvor Sakari erschossen.«

Sie nickt. Einen Traum entfernt, denkt sie.

»Die polizeiliche Ermittlung zur Brandursache wird in eine andere Richtung gehen. Sie sollten sich auf anderes konzentrieren.«

Die Gedanken kreisen langsam, träge. Was soll das heißen? Andere Richtung … konzentrieren. Konzentrier dich, denkt sie.

»Ich möchte, dass Sie Hilfe in Anspruch nehmen. Ich werde Ihnen dabei helfen. Hilfe zu finden. Wir machen uns gemeinsam auf den Weg.«

Jetzt lösen sich die Gedanken wieder voneinander, wie Seifenblasen. Hilfe, helfen. Gemeinsam. Sie denkt über die Fragen nach, die er nicht stellt. Wie lange sie ihren Tod und den der Kinder vor Augen hatte. Wann der Gedanke begonnen hat, Raum zu greifen. Wie sie sich kundig gemacht und wo sie die Dinge erworben hat, die nötig waren. Ein Polizist, der keine Polizistenfragen stellt. Nicht eine einzige.

»Das Wichtigste ist, dass Sie erkennen, worin der Unterschied besteht. Zwischen Sakari und Ihnen.«

Sakari. Und ich, denkt sie.

»Zwischen Emma und David. Erik und David.«

Emma. David.

Erik. David.

Er schweigt. Und sie hat keine Antwort. Die Antwort ist in einer der Seifenblasen, unmöglich zu wissen, in welcher.

Sie sieht ihn an, jetzt spiegelt sie sich nicht mehr in ihm, da sind Wut und Freude in seinem Gesicht. Und Hoffnung. Und Angst.

Bevor er fortfährt, atmet er ein, schöpft Kraft. Und dann spricht er, leise.

»David lebt. David lebt. David lebt.«

Emma

An einem anderen Tag fahren sie an der gelben Wiese vorüber, lassen sie links liegen, und Emma denkt, was Kimmo denken wird, Jahre später. Dass die Wiese aussieht wie ein ausgerollter Teppich. Ein weicher Teppich, auf dem sie liegen könnte.

Aber das kann warten, an diesem Tag haben sie andere Pläne, Sakari und sie. Sie fahren runter zum Strandbad, breiten nah am Wasser ein Handtuch aus und spielen ein Würfelspiel. Sakari will immer dieses Würfelspiel spielen, es ist der Sommer, in dem Sakari eine Würfelspielphase durchläuft. Es ist ein einfaches Spiel, es geht eigentlich nur darum, die Zahlen, die man würfelt, zu addieren.

Wenn Sakari verliert, ist er beleidigt, deshalb bemüht sie sich, ihn gewinnen zu lassen. Es ist warm, so warm wie heute.

Irgendwann, nach einem gewonnenen Spiel, geht Sakari schwungvoll los, Eis holen. Und Limonade. Während Emma auf ihn wartet, denkt sie, dass sie Durst hat, auf Limonade. Und Hunger, auf Eis. Sie legt sich hin, auf das Handtuch, schließt die Augen, vergisst die Zeit.

Kimmo

Mittags fährt er wieder zum Baumarkt, um einzukaufen, aus ganz anderen, sehr ähnlichen Gründen. Manchmal ist der Unterschied recht gering zwischen dem Niederbrennen und dem Erbauen eines Hauses.

Dann, als alles eingeladen ist, fährt er die vertraute Strecke, jetzt fühlt es sich an, als würde er durch einen hellen Tag fahren, der stillsteht. Solange David will. Solange Leena will. Solange Stefan, Aune, Magnus wollen. Vielleicht geht das. Stillstehen. Die Ankunft der Nacht aufschieben. Aber mehr nicht.

In eine Maschine steigen, in der Zeit zurückreisen, das Verlorene gegenwärtig machen. Versäumtes nachholen. Einfach so. Jetzt. Nein.

Als er ankommt, sitzen Sanna und David am Steg, über das Tablet gebeugt. Sie sitzen wie erstarrt, gebannt von dem, was sie sehen. Joentaa malt sich vage Bilder aus, während er aussteigt und zu ihnen läuft, aber das, was er dann sieht, hat er nicht erwartet.

Emma. Sie singt. Sie tanzt. Auf einer Bühne.

»Hallo, Papa«, sagt Sanna. »David zeigt mir seine Schwester. Sie konnte super singen.«

Konnte, denkt Joentaa.

»Beim Konzert, in der Schule«, sagt David. Seine Stimme ist leise, klar und ruhig. »Das wird immer mitgeschnitten, sogar mit mehreren Kameras. Das ist … ein paar Jahre her.«

Joentaa nickt. Er wendet sich ab, weil er ein Brennen hinter den Augen spürt. »Komme gleich«, murmelt er und denkt, dass einmal Weinen am Tag reicht. Nicht dass Sanna noch denkt, er sei nah am Wasser gebaut.

Er geht ins Haus, in den Schatten, denkt an Emma. Auf der Bühne, Lebensfreude teilend. Er geht in die Küche, trinkt ein Glas Wasser und kehrt zu den Kindern zurück.

»Alles gut, Papa?«, fragt Sanna.

»Bestens«, sagt er.

»Hm«, sagt sie. Sie lächelt, ein wenig skeptisch, sie weiß, dass er nicht die ganze Wahrheit sagt. Vermutlich ist es gut, dass er vor ihr wenig verbergen kann. Nur so viel, wie nötig ist.

»Ich habe noch eine Idee für heute«, sagt er. »Wenn ihr beide Lust habt.«

»Haben wir«, sagt Sanna, und Joentaa muss lachen. David sieht ihn an, aufmerksam, neugierig, fragend. Er sitzt am Steg, im stillstehenden Tag, nur die Bilder auf dem Display bewegen sich voran, Emmas Stimme klingt blechern, aber wunderschön, und als das Lied endet, setzt Applaus ein.

Petri

Die Nachricht ist kryptisch, aber das ist ja nicht weiter bemerkenswert, sie kommt von Kimmo.

Die Straße, in der die blauen Häuser stehen, fährst du bis zum Ende durch, bis zum Waldrand. Dann läufst du etwa hundert Meter in den Wald, dann 50 rechts, dann 27 links (kleiner Scherz, vielleicht sind es auch 26). Es zweigt immer nur ein Weg ab, dann wirst du uns vielleicht schon hören können. Durchs Dickicht kommst du zur Lichtung. Bis dann, herzlich, Kimmo.

Petri Grönholm liest die Nachricht einige Male. Er steht schon am Parkplatz, vor dem Wald, bereit loszulaufen. Er fragt sich, ob Kimmo irgendwie davon weiß, dass er kürzlich schon einmal an einem Waldrand stand und dass er losgelaufen ist, losgerannt ist, bis ihm schwarz vor Augen wurde.

Heute läuft er langsam, den Blick auf die skurrile Wegbeschreibung gerichtet, die Kimmo ihm geschickt hat. Je weiter er läuft, desto deutlicher hat er das Gefühl, tatsächlich ein Ziel anzusteuern. Tatsächlich anzukommen. Er hört die Stimmen, in einiger Ferne. Kinder. Und eine Frau, es klingt, als würde sie Anweisungen geben. Und Kimmos Lachen. Durch das Dickicht auf die Lichtung. Er spürt einen kurzen Schmerz, am rechten Arm. Eine kleine Wunde. Nicht der Rede wert. Sie sieht aus wie eine von denen, die Sakari sich zugefügt hat. Ein schmaler, roter Streifen, am Unterarm, er wird ihn abwischen können, mit einem weißen Taschentuch.

Er hebt den Blick und betrachtet das Bild. Er sieht die Kinder, Sanna, Marisa und David. Gemeinsam mit einem noch kleineren Jungen, den er nicht kennt, schleppen sie weiße Holzbretter zu einem Baum und heben sie in die Arme einer Frau, die einige Meter hoch auf den Baum geklettert ist. Es sieht ein wenig beängstigend aus, aber sie scheint gut balancieren zu können und zu wissen, was sie tut. Kimmo kniet, gemeinsam mit einem Mann, am Boden und mischt Farbe an.

Grönhom tritt näher heran. Schritt für Schritt.

»Hei, Petri«, ruft Joentaa. »Komm, wir sind schon mittendrin.«

»Ja … hallo«, sagt Grönholm.

»Die Kinder kennst du ja, Sanna, Marisa, David. Und der kleine Mann hier ist Valtteri.«

»Hallo«, sagt Grönholm. »Hallo, Valtteri.«

»Und da oben im Baum ist Aune, Valtteris Mama.«

»Hallo«, ruft Grönholm, hebt den Arm.

»Und hier ist noch Magnus, Valtteris Papa.«

»Ja … hallo«, sagt Grönholm. Er greift nach der ausgestreckten Hand des Mannes. Findet etwas in seinen Augen, in seinem Gesicht. Einen Zug, der ihm bekannt vorkommt.

»Wir bauen ein Haus, und wir bauen auf dich«, sagt Joentaa.

Grönholm nickt. »Sieht … schön aus. Das wird was«, sagt er. »Ich könnte … die Dame … da oben mal ablösen.«

»Klingt gut«, sagt Aune lachend. »Langsam wird mir schwindlig.«

Sie lässt sich hinab, springt den letzten Meter, reicht ihm die Hand. »Aune Ekman«, sagt sie.

Grönholm nickt. Jetzt erkennt er sie wieder. Die Frau,

die im Garten gestanden und Blumen gegossen hat, am Tag nach Sakaris Tod.

»Petri Grönholm.«

Er hält ihre Hand fest, bis sie den Blick hebt, fragend. Sie löst ihre Hand aus seiner.

Dann holt er Schwung und klettert nach oben, es geht ganz leicht, ganz schnell. Wie gut es sich anfühlt, einige Meter über dem Boden.

»O.k., man reiche mir die Bretter. Und Hammer und Nägel bitte«, sagt Grönholm.

David ist es, der ihm das erste Brett anreicht. Grönholm sieht ein Flackern in seinen Augen. Für einige Augenblicke hat er das Gefühl, das Gleichgewicht zu verlieren, zu fallen, aber dann steht er wieder auf sicherem Grund, auf dem Boden von Davids Haus.

Er greift nach dem Brett, das Holz ist glatt und kühl in seiner Hand.

»Danke dir, David«, sagt er.

Stefan

Am Abend steht er vor dem Fischrestaurant, in dem er nie gegessen hat. Er steht für eine Weile davor, lauscht den Worten, die durch die Luft schwirren, das Restaurant ist gut besucht.

»Eine Person?«, fragt der Kellner. »One person?«

Er nickt. Folgt dem Kellner, der zügig läuft, zielstrebig. Es ist ein schöner Platz, den er ihm anbietet, er kann von hier aus alles sehen. Die Menschen, die bunten Lichter, die flache Düne, dahinter, in der Ferne, das Meer.

»Danke«, sagt er.

Er bestellt ein stilles Wasser. Alles andere wird sich finden. Sein Smartphone hat eine Nachricht erhalten. Das hat Zeit, denkt er.

Nach einigen Minuten bringt der Kellner das Wasser. Er reicht ihm eine Speisekarte, spricht Empfehlungen aus.

»Danke. Ich überlege noch kurz«, sagt Stefan.

Der Kellner entfernt sich, und auf der Straße läuft ein kleines Mädchen mit einem Luftballon vorbei, der sich plötzlich aus ihren Händen löst. Es geht so schnell. Der Luftballon ist rosa. Das Mädchen weint.

Stefan läuft, der Szene entgegen, gleich wird er da sein. Der Vater des Mädchens ist wütend. Stefan versteht die Sprache nicht, die er spricht, aber es klingt, als sei er böse, weil das Mädchen den Luftballon losgelassen hat. Die Mutter steht unschlüssig daneben. Der Luftballonverkäufer läuft etwa hundert Meter entfernt, mit einem riesigen Klumpen seiner Ballone, davon.

»Äh … Moment nur«, sagt Stefan. »Just one moment, please.« Er rennt, hinter dem Ballonverkäufer her, der offenbar Feierabend machen will.

»Hei, hallo … wait a second, please.«

Dann steht er dem Mann gegenüber, außer Atem. Der Mann wirkt gelangweilt. Oben in seinem Ballonklumpen hängt einer in rosa.

»This one … up there … yes …«

Als er zurückkommt, stehen die drei genau so, wie sie gestanden haben. Das Gesicht des Mädchens hellt sich auf. Dann ist es ganz hell, es blendet ihn.

»Take care«, sagt er. »Take care, o. k.? This thing should not … just fly away. O. k.?«

Das Mädchen nickt, obwohl sie sicher kein Wort verstehen kann. Sie versteht die Worte nicht, aber das, was er meint. Der Vater mustert ihn skeptisch und verdutzt, die Mutter lacht. Reicht ihm die Hand. Dann gehen sie weiter, die Straße entlang. Stefan hebt noch mal den Daumen, als das Mädchen sich umdreht.

Er sieht ihnen nach. Wendet sich ab. Kehrt zu seinem Platz zurück, an seinen Tisch. One person. Er setzt sich. Tastet nach dem Handy. Einige Nachrichten. Eine, die neueste, von dem Polizisten, der schon die ganze Zeit versucht, ihn zu erreichen.

Dieses Mal hat er keine Frage geschickt, sondern ein Foto. Stefan öffnet es. Betrachtet es. Der Polizist, Joentaa, ist nicht darauf, also hat er das Foto gemacht. Die Menschen darauf lächeln. Tatsächlich. Alle. Manche glücklich, manche traurig.

In der Mitte steht David. An seiner Seite ein Mann und zwei Mädchen, die er nicht kennt. Vorne hockt Valtteri, wie ein Fußballer, der sich im letzten Moment noch ins Bild gehechtet hat. Valtteri ist bester Laune. Rechts am Rand stehen Aune und Magnus, Magnus lächelt leise, und Aune lacht in die Kamera. Es ist nur ein Moment, das spürt Stefan, vielleicht war Aune im nächsten schon wieder traurig. Aber in diesem einen lacht sie. Alle stehen in einem Wald, neben einem Baum.

Wir haben begonnen, Davids Baumhaus wieder aufzubauen, schreibt Joentaa.

»Haben Sie gewählt?«, fragt der Kellner.

Er hebt den Blick. Der Kellner fragt nur, er scheint nicht in Eile zu sein, warum auch, in der Zeitschleife.

»Nein, noch nicht«, sagt Stefan. »Gleich.«

Am Abend, nachdem die Arbeit getan ist, essen sie Nudeln. Schon wieder. Joentaa denkt, dass er eigentlich immer Nudeln essen könnte, aber wer weiß, vielleicht wird es den Kindern irgendwann langweilig. Noch nicht. Das ist ein anderer Moment, einer, der noch nicht da ist.

»Hat Spaß gemacht heute«, sagt Sanna.

David sieht sie für eine Weile an. Dann nickt er. »Stimmt«, sagt er.

»Wenn wir so weitermachen, ist das Haus bald fertig«, sagt Sanna.

»Und wir machen so weiter«, sagt Joentaa. »Genau so.«

»Marisa hat eine Nachricht geschickt. Kann sie vielleicht noch mal vorbeikommen? Zum Übernachten?«

»Klar«, sagt Joentaa.

»Und Paula? Die müsste ja nur ein paar Meter rüberlaufen zu uns.«

»Wenn David das nicht zu viel wird«, sagt Joentaa.

»Für mich o. k.«, sagt David.

Joentaa lächelt. Betrachtet ihn. Lässt seinen Blick auf ihm ruhen, so wie am Abend zuvor David seinen Blick auf ihm hat ruhen lassen. Er betrachtet den Jungen, der so viel verloren hat und dennoch hiersitzt und so einen Satz sagt. *Für mich o. k.* Er fragt sich, wie weit die Kraft David tragen wird. Wie weit sie reicht, wenn die anderen Gedanken Raum einfordern, die anderen Bilder.

Die Bilder, die noch gar nicht vergangen sind. Und die deshalb auch noch gar nicht begonnen haben, sich zu bewegen. Unbewegliche Bilder, die in einem Zwischenraum verharren. Er denkt an den Affen aus Stoff, in einem brennenden Kinderbett.

»Ich geh schwimmen!«, ruft Sanna plötzlich. »Wer kommt mit?«

Sie läuft schon zum Steg. Und springt. Im hohen Bogen. Hell lachend. Laut platschend taucht sie ein. Verschwindet, einfach so, unter der Oberfläche.

»Einmal, an dem Tag … als Sakari das Motorrad genommen hat …«, sagt David.

»Ja?«, fragt Joentaa.

»Ich war im Garten und bekam ganz plötzlich riesige Angst. Und ich dachte, wenn ich jetzt reinspringe, also … ins Schwimmbad, dann passiert was …«

Joentaa betrachtet den kleinen, großen Jungen.

»Ich dachte … irgendwie, dass ich mich auflöse und dass es so sein wird, als wäre ich nie da gewesen … ist das … komisch?«, fragt David.

»Nein«, sagt Joentaa. »Nein, gar nicht. Das verstehe ich sehr gut.« Er wundert sich selbst darüber, wie schnell und ehrlich ihm das über die Lippen kommt. Er wendet sich wieder dem weiten Wasser zu, Davids Worte hallen leise nach.

Dann ist es ganz still.

Die Ahnung eines Rufens, eines Lachens füllt den Raum. Die Sehnsucht danach. Joentaa denkt an einen gelben Schmetterling und beginnt zu warten.

Auf den Moment, in dem sie wieder auftaucht.

Dank

Ich danke Niina, Venla und meinen Eltern, Georg und Wolfgang, Esther, Helge und Felix, Lisa und Lisa, Vanessa und Vanessa, Caterina und Florian, Stephan und Ninne, Alice und Christian, Darko und Klaus.

Von Herzen auch Dank an Stefan, mit dem ich das Album *thief of a moon* aufgenommen habe. Es ist wie ein Soundtrack zu diesem Buch geworden, die Musik ist in den Roman eingewandert, der Roman in die Musik.

Autor

Jan Costin Wagner, Jahrgang 1972, lebt als Schriftsteller und Musiker bei Frankfurt am Main. Seine hochgelobten Kriminalromane um den finnischen Ermittler Kimmo Joentaa wurden vielfach ausgezeichnet (u. a. Deutscher Krimipreis, Nominierung zum Los Angeles Times Book Prize) und in 14 Sprachen übersetzt. Das Schweigen wurde fürs Kino verfilmt. Zuletzt erschienen Tage des letzten Schnees (2014) und Sonnenspiegelung (2015), zudem das Songwriter-Album thief of a moon.

Jan Costin Wagner im Goldmann Verlag:
Eismond. Roman
Das Schweigen. Roman
Im Winter der Löwen. Roman
Das Licht in einem dunklen Haus. Roman
Tage des letzten Schnees. Roman
Sonnenspiegelung. Erzählungen

GOLDMANN
Lesen erleben